머그비 교차로

머그비 교차로

초판 1쇄 인쇄 2023년 8월 10일
초판 1쇄 발행 2023년 8월 25일

지 은 이 찰스 디킨스 외
옮 긴 이 이현숙
펴 낸 이 권기남
펴 낸 곳 B612북스

주   소 경기 양주시 양주산성로 838-71
전화번호 031)879-7831 팩스 031)879-7832

이메일 b612book@naver.com
홈페이지 blog.naver.com/b612books
출판등록 2012년 3월 30일(제2012-000069호)

ISBN 978-89-98427-38-2(03840)

B612북스, 2023, Printed in Seoul, Korea

MUGBY JUNCTION

머그비 교차로

찰스 디킨스 외 저 | **이현숙** 옮김

B612 북스

차례

역자소개
/
이현숙

호주 맥쿼리대학교에서 석사과정으로 International Communication을
전공하였으며 영어잡지와 출판사에서 편집자로 근무했다. 현재 대학에서
강의하며 전문번역가로 활동 중이다. 주요 역서로는 『자유론』, 『판도라는 죄
가 없다: 우리가 오해한 신화 속 여성들을 다시 만나는 순간』, 『노엘의 다이
어리』, 『라이프 인 모션(출간예정)』등이 있다.

바박스 브라더스

I

"승무원! 여기가 어딥니까?"

"머그비 교차로입니다, 손님"

"바람이 많이 부는 곳이군!"

"네, 그런 편입니다."

"휑하네!"

"네, 보통 그렇습니다."

"밤인데 여전히 비가 내립니까?"

"억수같이 퍼붓고 있습니다, 손님."

"문 좀 열어주세요. 내리겠습니다."

"그렇다면." 열차 승무원이 말했다. 그의 모습이 물방울이 맺혀 반짝거렸다. 그는 승객이 내리는 동안 손전등을 비춰 물기를 머금은 시계를 바라보았다. "여기에서 3분 드리지요."

"난 더 오래 있을 생각입니다. 계속 여행하지 않을 테니까."

"종착역까지 여행할 수 있는 직행 표를 소지했는데도요, 손님?"

"그렇습니다. 하지만 나머지 역까지 가는 건 단념할 생각입니다. 짐 좀 내주세요."

"그러면, 짐칸까지 와서 손님 짐을 알려주세요. 신속하게 부탁합니다. 단 1분도 지체하면 안 되거든요."

열차 승무원이 부리나케 짐칸을 향해 움직이자 승객도 급히 그의 뒤를 따라갔다. 승무원이 짐칸 안으로 들어갔고, 여행객이 그 안을 들여다보았다.

"저기 당신 손전등이 비추는 구석에 있는 두 개의 큼지막한 검은색 여행 가방입니다. 그게 내 것입니다."

"그 위에 이름이?"

"바박스 브라더스."

"좀 비켜 서 주겠습니까? 하나, 둘, 좋습니다!"

램프가 흔들렸다. 전방의 신호등은 이미 신호를 변경하고 있었다. 날카롭고 요란한 엔진 소리가 났다. 기차가 사라졌다.

"머그비 교차로!" 여행객이 양손으로 목에 두른 모직 머플러를 위로 당겨 올리며 말했다. "이렇게 폭풍우가 휘몰아치는 날에 벌써 새벽 세 시를 넘겼군. 오, 이런!"

그가 혼자 중얼거렸다. 딱히 말을 건넬 사람도 없었다. 어쩌면 대화할 상대가 있었더라도 혼자 중얼거리는 것을 더 좋아했을지도 모른다. 그가 혼잣말하며, 아무도 돌보는 이가 없어 금방 재가 된 불처럼 어느새 머리가 희끗희끗해진 50세 전후의 남자에게, 침울하게 고개를 숙인 채 깊은 생각에 잠기곤 하는 남자에게, 그리고 내면에 억눌린 목소리를 지닌 남자에게 말했다. 여러모로 무척 외로워 보이는 남자다.

그는 비바람을 제외하면 음울하고 적막감이 감도는 기차역 플랫폼에 눈에 띄지 않게 서 있었다. 빈틈없이 몰아치는 비와 바람만이 그에게 사정없이 달려들었다. "그래." 그가 결국 굴복했다. "어느 쪽으로 고개를 돌려도 아무 소용없어."

그래서 머그비 교차로에서 폭풍우가 몰아치는 새벽 세 시가 지날 무렵 그 여행객은 날씨가 이끄는 대로 발걸음을 옮겼다.

마음만 먹었으면 남자는 그 자리에 가만히 서 있을 수도 있었다. 왜냐하면 (머그비 교차로에서 상당히 넓은 범위에 걸쳐 있는) 지붕 달린 쉼터까지 와서 어두운 밤을, 그보다 더 어두운 기운을 휘감은 폭풍우가 사나운 기세로 몰려오는 것을 그저 바라만 보았으니까. 그렇더라도 그는 생각을 바꾸었고, 더 쉬운 방향에서 움직일 때와 마찬가지로 더 힘겨운 방향으로 꺾이지 않고 나아갔다. 이렇게 그 여행객은 아무 목적 없이 한결같은 발걸음으로 오르락내리락하다가 문득 주위를 의식했다.

새벽 네 시 20분의 칠흑 같은 어둠에 휩싸인 머그비 교차로는 온통 알 수 없는 형상들로 가득했다. 관을 덮는 천을 뒤집어쓰고 기괴한 장례식 행렬처럼 천천히 움직이는 수수께끼의 화물 열차들은, 마치 그 안에 비밀리에 법망을 피해야 하는 화물이라도 실린 듯, 몇 개의 불 켜진 등불을 피해 죄지은 듯이 실어 나르고 있었다. 반 마일에 달하는 석탄 열차들은 누군가의 뒤를 쫓는 탐정처럼 앞으로 움직이면 나아가고, 멈춰 서면 멈추고, 후진하면 뒤로 물러났다. 활활 타다 만 시뻘건 숯덩이들이, 마치 고통을 가하는 불덩이들이 내쳐지는 듯이, 이 어두운 길을 따라 그리고 다른 길을 따라 소나기처럼 쏟아져 내린다. 그와 동시에 귓속을 파고드는 비명과 신음은 고통받는 자들의 괴로움이 극에 달한 듯이 쩌렁쩌렁하다. 운반 중 귀에 거슬리는 소리를 질러대는 가축들로 가득한 철제 우리, 뿔이 뒤얽힌 채 축 처져 있는 짐승들, 공포로 얼어붙은 눈, 입도 얼어붙어 있기는 마찬가지다. 적어도 가축들의 입술에는 긴 고드름(또는 그렇게 보이는 것)이 매달려 있었다. 허공의 알 수 없는 언어가 빨강, 초록, 백색의 뜻 모를 글자로 일을 꾸미고 있다. 천둥과 번개를 동반한 지진이 런던을 향해 빠르게 질주한다.

이제 사방에 적막이 흐르고, 모든 것이 녹으로 뒤덮였고, 비바람이 몰아치고, 등불마저 꺼진 머그비 교차로는 마치 수의로 머리를 가린 카이사르처럼 생기가 없고 흐릿했다. 길이 저문 여행객이 오르락내리락하며 이리저리 헤매는 순간 어둠 속에서 그림자처럼 희미한 기차가 옆을 지나갔다. 그것은 다름 아닌 인생의 기차다. 알 수 없는 깊은 절개지에서 나타났든 어두운 터널에서 나타났든, 누가 부른 것도 아닌데 느닷없이 튀어나와서는 그에게 다가왔다가 다시 어둠 속으로 사라졌다. 여기 슬프게도 어린 시절의 기쁨은커녕 부모조차 알지 못한 한 아이가 지나갔다. 그 아이는 익명의 존재라는 쓰라린 감정에 시달리던 한 남자와 분리되지 못하고 가장 혐오스럽고 숨이 막힐 듯한 일에 매달리며 인생의 황금기를 허비한 한 남자와 연결되었고, 배은망덕한 동료와 한때 소중했지만 그 동료를 따라나선 한 여자와 연결되었다. 이 거칠고 요란한 쇳소리는 덜컹거리는 불안, 어두운 상념, 알 수 없는 커다란 상심, 단조로운 세월, 고독하고 불행한 존재의 귀에 거슬리는 끝없는 불협화음이었다.

"…손님 짐인가요?"

여행객은 넋 놓고 바라보던 쓰레기 더미에서 눈길을 돌렸고, 갑작스럽고도 우연히 상황에 딱 들어맞은 질문에 한 걸음 뒤로 물러섰다.

"이런! 내 정신 좀 보게. 그 두 개의 여행 가방은 내 것이 맞습니다. 짐꾼입니까?"

"짐꾼만큼 벌긴 합니다. 하지만 저는 램프입니다."

여행객이 약간 어리둥절한 표정을 지었다.

"누구라고요?"

"램프." 그가 손에 들고 있던 기름때가 묻은 천을 보여주며 덧붙였다.

"아, 그렇군요. 여기에 호텔이나 여관이 있습니까?"

"아니요. 이 역에 리프레시먼트 룸(Refreshment Room)[1]이 하나 있긴 한데…." 그가 매우 진지한 눈빛으로 머리를 절레

절레 흔들었다. "차라리 열지 않아서 손님한테는 참 다행입니다."

"추천할 리가 없다는 말이군요, 영업 중이라도?"

"실례지만, 영…뭐라고요?"

"문을 열었더라도?"

"회사에 고용된 사람으로서 회사와 관련한 주제에 의견을 말하는 것은 제 소관이 아닙니다." 그는 '주제(toepic)'를 '이쑤시개(toothpicks)'에 더 가깝게 발음했다. "램프와 솜에 관한 일이 아니라면 말입니다." 램프가 은밀한 어조로 덧붙였다. "하지만 솔직히 말하면, 저는 아버지에게 (다시 살아난다고 해도) 그 리프레시먼트 룸에 가서 어떤 대우를 받을지 직접 확인해 보라고 권하지 않을 겁니다. 솔직히 말하는데, 결코 그런 일은 없을 겁니다."

여행객이 이해했다는 듯이 고개를 끄덕였다. "마을에 묵을 곳은 있겠지요? 여기에 마을이 있습니까?" 이 여행객은 (대부분의 여행객과 달리 집에 머물렀지만) 다른 숱한 여행객들

---

1   기차역이나 회의장 등에 마련되어 다과 및 식음료 서비스를 제공하는 일종의 간이식당.

과 마찬가지로 증기 동력의 강력한 추진력으로 쉼 없이 달리는 이동 수단에 몸을 싣고 이곳을 지나쳤을 테지만, 정작 단한 번도 이곳에 발을 디딘 적은 없었다.

"오, 마을이야 있지요. 어쨌거나 하룻밤 몸 누일 곳은 찾을수 있을 겁니다. 하지만," 여행 가방을 바라보는 다른 남자의시선을 따라가며 덧붙였다. "밤이 깊었습니다, 손님. 오밤중입니다. 모두가 잠든 시간이에요."

"주변에 짐꾼도 없습니까?"

"음, 그게 말입니다, 손님," 그가 다시 은밀한 어조로 대답했다. "그들은 보통 등이 꺼지면 퇴근합니다. 뭐, 다 그런 법이지요. 그런데 손님이 플랫폼 끝까지 걸어오는 바람에 그들이못 본 듯합니다. 하지만 12분 정도 지나면 올지도 모릅니다."

"누가 온다는 겁니까?"

"세 시 42분 기차 말입니다, 손님. 그 기차는 UP X가 지나갈 때까지 측선(側線)¹에 들어가 있다가," 램프에게서 모호한희망에 찬 분위기가 풍겼다. "다 지나가고 나면 늘 하던 대로

---

1   철도 선로에서 열차의 운행에 항상 사용되는 본선 이외의 선로로 열차 차량의 재편성, 또는 화물의 적재나 하차 따위에 쓰는 선로를 말한다.

힘닿는 데까지 최선을 다할 겁니다."

"내가 운행 일정을 제대로 이해했는지 모르겠습니다."

"아마 누구도 이해하지 못할 겁니다, 손님. 그 열차가 팔러먼트(Parliament)입니다. 잠깐, 팔러먼트(Parliament)였나 스커머슌(Skirmishun)이었나….

"익스컬전(Excursion)을 말하는 겁니까?"

"바로 그겁니다, 손님. 그러니까 팔러먼트 아니면 스커머슌일 겁니다. 대부분 측선에 들어가 있거든요. 하지만 나오라는 신호를 받으면," 또다시 램프는 그다지 낙관적이지 않은 상황인데도 상당히 긍정적인 남자의 분위기를 풍기며 "늘하던 대로 힘닿는 데까지 최선을 다할 겁니다"라고 거듭 강조했다.

그런 다음 그는 문제의 팔러먼트를 모시기 위해 근무하게될 짐꾼이 틀림없이 가스등을 들고 나타날 거라고 설명했다. 그 사이에 그는 그 신사가 램프의 기름 냄새에 개의치 않고작은 방에서 그저 몸이라도 녹이고 싶으면 얼마든지 그렇게할 수 있다고 했다. 추위에 떨던 남자는 즉시 그 제안에 동의했다.

후각을 자극하는 기름때가 덕지덕지 묻은 신호소는 고래

잡이배의 선실을 연상케 했다. 하지만 녹슨 화격자에서는 불이 벌겋게 타올랐고, 바닥에는 열차 운행에 맞춰 새로 심지를 다듬고 불을 밝힌 램프가 달린 나무 받침대가 있었다. 불빛이 환했다. 램프의 불빛과 온기가 이 공간의 인기를 실감하게 했다. 불 옆의 긴 의자에 묻어난 벨벳 바지 자국이며 이와 맞닿은 벽에 얼룩덜룩하게 새겨진 벨벳 천의 구부정한 둥근 어깨 흔적이 바로 그 증인이었다. 어수선한 선반에는 다량의 램프와 기름통이 뒤섞여 있었고, 그 모든 램프 가족을 닦는 데 쓰는 포켓 손수건처럼 생긴 향기로운 천 조각도 있었다.

바박스 브라더스는 (그의 짐 가방에 붙어 있는 그대로 여행객의 이름을 불러보면) 긴 의자에 자리를 잡았고, 장갑을 벗은 손을 불에 녹이다가 팔꿈치가 닿은, 잉크로 얼룩진 자그마한 송판때기 책상을 힐끗 보았다. 그 위에는 갱지 몇 장과 너무 낡고 닳아서 잘 써지지도 않을 듯한 철필이 놓여 있었다.

그가 갱지 조각을 곁눈질하다가 무심결에 주인을 향해 고개를 돌리고 약간 거친 목소리로 말했다.

"설마, 시인이었습니까?"

램프는 전형적인 시인의 모습이 아니었다. 가만히 서서 기름 범벅이 된 짧고 뭉툭한 코를 문지르는 그의 모습은 자기 자신을 아예 램프로 착각한 게 아닐까 싶은 정도였다. 그는 바박스 브라더스와 얼추 비슷한 나이로 보이는 마른 남자였는데, 모든 이목구비가 마치 모근에 매혹된 듯 기발하게 위를 향했다. 유난히 반짝이는 투명한 안색은 아마도 항상 기름을 묻혀서일 것이다. 짧게 친 머리카락은 희끗희끗했다. 마치 그 위에서 보이지 않는 자석이 끌어당기기라도 하는 듯 머리카락 끝이 곧게 섰는데, 머리 꼭대기가 딱 램프의 심지 모양이었다.

"하지만 그건 확실히 내가 알 바는 아닙니다." 바박스 브라더스가 말했다. "내 관찰이 지나쳤군요. 원하면 무엇이든 될 수 있습니다."

램프가 사뭇 미안한 듯한 어조로 대답했다. "어떤 사람들은 때때로 자신이 싫어하는 사람이기도 합니다."

"그런 거라면 내가 누구보다 잘 압니다." 남자가 한숨을 내쉬었다. "나는 내가 싫어하는 사람으로 살았습니다. 그것도 평생토록."

"처음에는 말입니다, 손님." 램프가 다시 입을 열었다. "가벼운 코믹송 같은 걸 시로 썼습니다."

바박스 브라더스가 그를 매우 탐탁지 않게 바라보았다.

"그러니까 그다지 대수롭지 않은 코믹송 같은 것 말입니다. 그런데 진짜 힘든 건 그 후에 그 시를 노래로 부르는 것이었습니다." 램프가 말했다. "정말이지 제 기질에 안 맞더군요. 진짜 그랬습니다."

램프의 눈에서 이곳의 램프 기름과는 전혀 무관한 무언가가 번득였다. 바박스 브라더스가 약간 당황한 기색으로 얼른 시선을 벽난로 불 쪽으로 옮기며 상단의 수평 막대에 발을 올렸다. "그러면 왜 그런 겁니까?" 그가 잠시 뜸을 들이다가 물었다. 불쑥 튀어나온 말이지만, 한층 부드러운 말투였다. "하기 싫은데, 왜 한 겁니까? 어디에서 불렀습니까? 선술집?"

이 질문에 램프가 더 궁금증을 불러일으키는 대답을 했다. "침대 옆입니다."

그 순간, 그러니까 여행객이 설명을 더 들으려고 그를 바라보았을 때였다. 머그비 교차로가 갑자기 흔들리기 시작하더니 어느결에 가스등에 불이 켜졌다. "역이 깨어났습니다!" 램프가 흥분한 목소리로 말했다. "어떤 날은 다른 때보다 더 활기를 띠기도 하지만 오늘 밤은 정말 분주할 겁니다."

두 개의 검은색 가방 표면에 흰색 글씨로 큼지막하게 새겨진 바박스 브라더스라는 글자는 얼마 지나지 않아 수레에 실려 조용한 거리를 지나고 있었다. 그 커다란 글자의 주인은 30분 동안이나 포장도로에서 추위에 떨었고, 짐꾼이 온 마을의 여관 문을 두드리던 끝에 마지막 여관을 깨우고 나서야 장기간 손님이 들지 않은 집의 퀴퀴한 공기 속을 손으로 더듬으며 들어갔다. 그래서 그는 마지막으로 사용한 뒤에 일부러 냉장 보관이라도 한 듯한 방치된 침대의 시트를 손으로 더듬어야 했다.

II

"나를 기억합니까, 영 잭슨?"

"당신 말고 내가 누구를 기억합니까? 당신이 내 첫 번째 기억입니다. 내 이름이 잭슨이라고 말해준 사람도 당신이었고. 매년 12월 20일이 되면 내 인생에 생일이라고 불리는, 나 자신을 되돌아보며 반성하는 특별한 날이 있다고 말해준 사람도 당신이었습니다. 처음보다는 마지막에 나눈 대화가 더 진실했다고 생각합니다!"

"나는 어떻습니까, 영 잭슨 씨?"

"당신은 내게 1년 내내 어두운 그림자 같은 존재입니다. 엄격하고, 입술은 얇고, 억압적이며, 절대 변함이 없는 밀랍 가면을 쓴 여자. 특히 종교적인 것을 가르치려 들면 혐오감이 끓어오르기 때문에 당신은 나에게 악마 같은 존재입니다."

"나를 기억합니까, 영 잭슨 씨?" 다른 방향에서 또 다른 목소리가 들렸다.

"정말 감사합니다, 선생님. 선생님은 제 인생에서 한 줄기 희망의 빛이자 저를 원대한 야망으로 이끌어 준 등대 같은 분이었습니다. 선생님의 수업을 들으며 저는 훌륭한 치료사가 되어야 한다고 생각했고, 비록 그 집에서 그 끔찍한 가면을 쓰고 있는 유일한 하숙생이었지만, 무척 행복했습니다. 저는 매일 가면을 쓰고 있어야 하는 압박과 침묵 속에서 먹고 마셨습니다. 학교에 다니는 내내 그리고 저의 가장 어릴 적 기억부터 매일 매일이 그랬듯이."

"나는 어떻습니까, 영 잭슨 씨?"

"당신은 내게 우월한 존재와 같습니다. 당신은 내게 서서히 그 본질을 드러내는 자연과 같습니다. 나는 당신의 존재와 지혜의 힘으로 불타오르는 조용한 청년들 가운데 있는 한 사람으로서 다시 당신의 목소리를 듣습니다. 그리고 당신은 그들 중 유일하게 내 눈에서 환희의 눈물을 흘리게 합니다."

"나를 기억합니까, 영 잭슨 씨?" 완전히 다른 방향에서 목을 긁는 듯한 거친 소리가 들렸다.

"당연히 기억하고말고. 어느 날 내 인생에 불쑥 나타나서는 내 삶의 방향이 갑작스레 완전히 바뀌어야 한다고 말했지. 당신은 바박스 브라더스의 노예선에서 내 지루한 자리가 어디인지 보여주었습니다. (바박스 브라더스가 존재했는지, 존재했다면 언제였는지 아무것도 모르겠습니다. 내가 단조롭고 고된 노 젓기를 끊임없이 반복하는 동안 내가 아는 거라곤 그 이름뿐이었으니까) 당신은 내가 어떤 일을 해야 하고 얼마를 받을 수 있는지 알려주었고, 그 후 몇 년 간격으로 내가 언제 회사에 서명해야 하는지, 언제 동업자가 되는지, 또 언제 그 회사를 소유하게 되는지 말해주었습니다. 더는 회사나 나 자신에 관해 아는 바가 없습니다."

"영 잭슨 씨, 나는 어떻습니까?"

"당신은 가끔 내 아버지와 비슷하다고 생각합니다. 인정받지 못한 아들을 키울 만큼 엄격하고 냉정했습니다. 내 눈에는 쇠꼬챙이처럼 깡마른 체격과 몸에 꼭 맞는 갈색 정장과 머리에 꽉 끼는 갈색 가발이 보이지만, 죽을 때까지 밀랍 가면을 쓰고 있구려. 단 한 번 가면을 벗은 적도 떨어뜨린 적도 없으니 그 이상은 모릅니다."

이렇게 대화를 나누는 내내 여행객은 밤새 교차로에서 혼자 중얼거렸듯이 아침에 일어나 창문에서 자기 자신에게 말했다. 지난밤 어둠 속에서 그는 아무도 거들떠보지 않아서 금방 타버린 불처럼 너무 일찍 잿빛으로 변한 남자처럼 보였다. 이제 햇빛 아래에서 그는 태양의 환한 빛에 꺼진 불처럼 백발에 더 가까운 회백색으로 보였다.

바박스 브라더스는 공증 및 환어음 중개업종에서 파생한 비전통적인 사업 부문에서 출발했다. 영 잭슨 시절 이전부터 자자했던 바박스 브라더스의 악명은 회사명과 잭슨에게 달라붙었다. 그는 롬바드 거리에서 벗어난 좁은 길 안쪽 구석에 자리 잡은 비좁고 어두침침한 사무실을 어느 사이엔가 소유했지만, 때가 낀 창문에 붙은 바박스 브라더스라는 이름 때문에 오랜 기간 매일 창밖의 하늘을 보기도 힘들었다. 그 결과 자기 자신이 만성적인 의심을 받는 인물이 되었다는 사실을 오래도록 깨닫지 못했다. 법적으로 검증된 문서가 뒷받침되지 않으면 아무도 그의 말을 전적으로 신뢰하지 않았을 뿐만 아니라 그가 개입하는 모든 거래는 면밀한 감시의 대상이 되었다. 그와 거래하는 사람은 누구나 드러내놓고 영 잭슨을 경계했다. 이런 인격은 그의 의지와 상관없이 우연히 나타났다. 마치 본래의 바박스가 사무실 바닥 위로 쭉 뻗어 나와 잠든 영 잭슨에게 스며들어서는 영적인 변화를 일으키고 두 사람의 인격을 교환한 듯했다. 이 새로운 인격은 그가 한때 사랑했던 여자와 그녀와 눈이 맞아 달아난 유일한 동료의 배신에 힘입어 이미 그의 초기 성장 과정에서 시작된 패배감을 완성했다. 그는 바박스의 겉모습 뒤에 숨어 모멸감을 느끼며 움츠러들었고, 더는 고개도 마음도 들지 않았다.

하지만 그는 결국 굴레에서 벗어났다. 오랫동안 저어왔던 노를 부러뜨리고 고의로 노예선을 침몰시켰다. 그는 주도적으로 은퇴함으로써 종래의 틀에 박힌 일에서 서서히 벗어나는 것을 막았다. (풍족하지는 않아도) 생계를 유지할 충분한 수단을 확보한 그는 우체국 전화번호부와 이 세상에서 바박스 브라더스라는 존재 자체를 지워버리고 커다란 여행 가방 두 개에 새겨진 이름만 남겼다.

"여기저기 쏘다니려면 사람들이 나를 불러줄 이름은 필요하니까." 그가 창문으로 머그비 번화가를 보며 설명했다. "그리고 적어도 그 이름은 한때는 진짜였으니까. 게다가, 젊은 (young) 잭슨이 뭐야! 늙은(old) 잭슨을 너무 잔인하게 비꼬는 이름이잖아."

그는 모자를 집어 들고 여관을 나섰다. 때마침 길 건너편으로 무명 벨벳 옷을 입은 한 남자가 하루치 식사를 담은 작은 보따리를 들고 가는 모습이 보였다. 보따리가 조금이라도 더 컸다면 식탐이 많은 남자처럼 보였을 것이다. 남자는 교차로를 향해 빠르게 걸어갔다.

"저기 램프가 있군!" 바박스 브라더스가 말했다. "그런데 말이 났으니 말이지…."

정말 어처구니없는 일이다. 그렇게 진지하고 자족하는 남자가 고된 일상에서 벗어난 지 채 사흘도 안 돼 길거리에 서서 턱을 괴고 고작 코믹송을 생각하느라 깊은 사색에 잠겨 있다니.

"침대 옆?" 바박스 브라더스가 퉁명스럽게 중얼거렸다. "침대 옆에서 노래를 부른다고 했지? 술에 취하지 않고서야 왜 잠자리에서 노래를 불러? 아마 취했을 거야. 하지만 그게 나랑 무슨 상관이람. 자, 다음엔 어디로 갈까? 머그비 교차로, 머그비 교차로. 다음은 어디로 갈 텐가? 어젯밤 열차에서 낮잠을 자다가 깨어났을 때 문득 이곳에 있기로 했듯이 발길 닿는 대로 어디든 갈 수 있어. 어디로 모험을 떠나면 좋을까? 낮에 교차로까지 산책해 볼까. 서두를 필요는 없어. 어느 철도 노선이 다른 노선보다 더 매력적일 수도 있으니까."

하지만 선로가 너무 많았다. 교차로[1] 다리 위에서 가만히 내려다보고 있자니, 마치 단일 집중 기업이 철을 뽑아내는 괴상한 땅거미들의 작품으로 거대한 산업 전시회를 여는 듯했다. 수많은 선로가 눈이 다 따라갈 수 없을 정도로 서로 엇갈리고 휘어지는 놀라운 경로를 따라 뻗어 있었다. 그중 일부는 500마일을 달릴 의지가 확고해 보였지만, 사소한 장애물 앞에서 갑자기 멈추거나 철도차량 정비 기지로 우회했다. 술에 취한 사람처럼 짧은 거리를 직진했다가 놀랍게도 빙글빙글 돌아 다시 제자리로 오는 선로들도 있었다. 어떤 선로는 석탄을 실은 차량으로 가득 찼고, 어떤 선로는 통나무를 실은 차량으로 가득 찼고, 어떤 선로는 자갈을 실은 차량으로 가득 찼고, 또 어떤 선로는 거대한 철제 실패처럼 생긴 바퀴가 달린 대형 열차 칸을 위해 할당되었다. 한편 일부 선로는 깨끗

---

1 철도 분기점.

하게 잘 관리된 듯 보였지만, 다른 선로는 녹과 재와 위아래가 거꾸로 뒤집혀 다리가 공중에 떠 있는 (파업 중인 수레의 주인들과 비슷해 보이는) 수레들로 뒤덮여 그 시작과 중간과 끝을 알 수 없는 혼돈의 느낌을 자아냈다.

바박스 브라더스는 어리둥절해하며 다리 위에 서서 오른손으로 이마의 주름을 쓸었다. 아래를 내려다보는 동안 이마의 주름(Lines)이 점점 더 늘어나는 듯했다. 마치 철도의 선로(Lines)가 감광판에 계속 찍히듯이 말이다. 그때 저 멀리서 종이 울리는 소리와 함께 기적소리가 들렸다. 그러자 멀리 열차의 객실 칸 창문으로 꼭두각시 인형처럼 생긴 머리들이 나타났다가 다시 안으로 사라졌다. 그러더니 거대한 나무 면도기 같은 강력하고 날렵한 이동 수단이 똑바로 세워져 있다가 공기를 갈랐다. 그러고는 여러 방향에서 여러 대의 기관차가 굉음을 내며 움직이기 시작했다. 그때 한 방향에서 기차 한 대가 들어왔다. 그러고는 두 대의 기차가 다른 방향에서 들어왔다. 하지만 그대로 멈춰 섰다. 그리고 그때 몇 대의 열차 칸들이 분리되었다. 그러던 중 불운한 말 한 마리가 열차 칸 사이에 끼었다. 그러고 나서 기관차들은 분리된 열차 칸들을 서로 나눠 결합한 후 빠르게 질주했다.

"이렇게 정신없는 광경을 보고 있자니 이제 뭘 해야 할지 더 모르겠군. 하지만 서두를 필요는 없어. 오늘이나 내일, 아니면 모레까지는 결정을 내리지 않아도 되니까. 산책이나 하자."

왠지 모르게 (그가 의도했는지 모르지만) 그는 자신이 내린 플랫폼과 램프의 신호소 쪽으로 발걸음이 옮겨졌다. 하지만 램프는 그 안에 없었다. 벽난로 근처 벽에 선명하게 남아 있는 램프의 벨벳 천 어깨 자국 말고는 아무것도 없었다. 다시 역을 빠져나오기 위해 돌아가는 길에, 조수가 던져준 자신과 이름이 같은 불 켜진 램프를 받아들고 반대편 선로에 세워진 열차 위로 이 칸 저 칸 뛰어다니는 램프의 모습을 보고서야, 그는 신호소가 텅 빈 이유를 알았다.

"참 바쁜 양반이군. 보아하니 오늘 아침에 코믹송을 쓸 시간도 노래를 부를 시간도 없었을 거야."

이제 그는 시골길로 이어지는 방향을 따라갔다. 주요 철길에서 가깝고 동시에 다른 선로들을 쉽게 눈에 담을 수 있는 길이었다. "어떻게 하면 좋을까." 그가 주변을 둘러보며 말했다. "이 지점에서 문제를 해결해야 할 텐데. 가만있자, '이 길이든 저 길이든 아무 길이나 하나 정하면 그대로 따라가는 거야.'

기차는 혼잡한 역을 벗어나면 알아서 제 갈 길을 가잖아."

그는 완만한 작은 언덕길을 올라갔다. 조그만 시골집 몇 채가 보였다. 평생 남과 눈 한 번 맞춘 적 없는 굉장히 내성적인 남자가 남몰래 주변을 둘러보듯 숨죽인 채 조용히 주위를 둘러보다가 대여섯 명의 아이들이 작은 집에서 몰려나와 왁자지껄하게 떠들며 흩어지는 모습을 지켜보았다. 하지만 그 전에 아이들은 작은 정원 문에 이르러 모두 뒤돌아서서는 위쪽 창문에서 밖을 내다보는 누군가를 향해 손 키스를 날렸다. 위쪽에 난 창문이긴 해도 방 한 칸짜리 단층집이라 꽤 낮았다.

아이들의 이런 행동은 대수롭지 않았다. 하지만 자신들을 바라보며 열린 창틀에 수평 자세로 누워 있는 얼굴을 향해, 누가 봐도 얼굴뿐인데, 아이들이 이런 행동을 한 것은 분명 시선을 끌었다. 그가 다시 창문을 올려다보았다. 창문틀에 한쪽 뺨을 대고 있는 매우 밝지만 몹시도 연약한 얼굴만 볼 수 있을 뿐이었다. 섬세한 미소를 머금은 여성의 얼굴은 흘러내리는 긴 밤색 머리카락에 에워싸였고, 머리에는 턱 밑을 지나는 연푸른색 머리띠 같은 것이 묶여 있었다.

그는 계속 걷다가 발걸음을 돌려 창문을 다시 한번 지나치며 소심하게 다시 올려다보았다. 그대로였다. 그는 언덕 꼭

대기에서 구불구불한 갈림길—그 길 말고는 모두 내려가는 길이었으니까—을 따라가며 오두막집을 자신의 시야에 두었다. 오두막집을 조금이라도 더 바라보기 위해 먼 길을 돌아 큰길까지 걸어 나왔다. 창문틀에 여전히 그 얼굴이 있었지만, 조금 전처럼 그를 향해 기울어 있지는 않았다. 그런데 섬세한 양손이 나타났다. 어떤 악기를 연주하는 동작이었는데, 그의 귀에는 아무 소리도 들리지 않았다.

"머그비 교차로는 영국에서 가장 이상한 곳이 틀림없어." 바박스 브라더스가 언덕을 내려가며 중얼거렸다. "첫 번째는 그 철도역 짐꾼이었어. 침대 옆에서 부를 코믹송을 쓴다고 했지. 두 번째는 어떤 얼굴, 그리고 소리도 나지 않는 악기를 연주하는 그 손가락이야!"

11월 초순의 어느 화창한 날, 공기는 맑고 상쾌했으며 풍경은 아름다운 색채로 가득했다. 런던 시내 롬바드 거리에서 벗어난 좁은 길에는 지배적인 색상은 거의 없었고 칙칙하기만 했었다. 가끔 다른 곳의 날씨가 유난히 화창할 때는 그 오래되고 낡은 골목에 사는 사람들이 하루나 이틀 정도 소금과 후추를 섞어놓은 듯한 희끗희끗한 색채나마 만끽하기도 했지만, 평소 주변은 온통 잿빛이었다.

그는 산책을 아주 좋아해서 다음 날에도 천천히 걸었다. 전날보다 조금 일찍 오두막집에 도착했는데, 위층의 아이들이 일정한 박자에 맞춰 손뼉을 치며 노래 부르는 소리를 들을 수 있었다.

"여전히 악기 소리는 들리지 않는군." 그가 모퉁이에서 귀를 쫑긋 세우고 말했다. "하지만 악기를 연주하는 손가락들이 다시 보였어. 지나가면서 봤어. 도대체 아이들은 무슨 노래를 부르는 걸까? 설마, 구구단을 외우는 건 아니겠지!"

하지만 아이들에게서는 무한한 즐거움이 느껴졌다. 신비한 얼굴에는 이따금 아이들을 이끌어 주거나 바로잡아 주는 목소리가 붙어 있었다. 그 음악적 쾌활함은 무척이나 유쾌했다. 마침내 박자가 멈추고 어린아이들의 웅성거리는 소리가 들리는가 싶더니 연중 이맘때 농장과 밭에 나가 일하는 노동자들이 어떤 일을 하는지 알려주는 짧은 노래가 이어졌다. 이윽고 작게 바스락거리는 어린아이들의 발소리가 들리기 무섭게 전날과 마찬가지로 아이들이 떼를 지어 뛰쳐나왔다. 그리고 또 전날과 마찬가지로 아이들은 모두 정원 문 앞에서 뒤돌아서서 손 키스를 날리며 작별 인사를 했는데, 비록 모퉁이에서 지켜보는 바박스 브라더스의 시야에 다 들어오지는 않았지만, 창문틀에 대고 있는 얼굴에 인사한 것이 분명했다.

아이들이 흩어질 때 그가 살짝 뒤처진 어린아이 한 명 앞을 가로막고 섰다. 솜털 같은 머리카락에 갈색 피부를 가진 남자아이였다.

"애야, 이리 오렴. 저건 누구의 집이니?"

아이가, 반은 수줍은 듯 반은 경계하는 듯, 까무잡잡한 한쪽 팔로 눈을 가리고는 팔꿈치에 대고 말했다.

"피비네 집이요."

"그러면," 바박스 브라더스가 뜸을 들였다. 사실 그도 아이 못지않게 이 대화가 당혹스러웠다. "피비가 누구지?"

그 질문에 아이가 대답했다. "당연히 피비죠."

작지만 예리한 관찰자는 질문자를 살펴보며 그의 사회성을 가늠한 듯했다. 남자아이는 경계를 느슨하게 풀고 말투도 바꿨다. 그가 정중한 대화에 익숙하지 않은 사람이라는 것을 알아차렸다는 듯이.

"피비가 피비 말고 또 있어요?" 아이가 반문했다.

"아니, 없지."

"그러면," 아이가 대답했다. "왜 나한테 물어보는 거예요?"

질문을 바꾸는 게 현명하다고 판단한 바박스 브라더스가 새롭게 접근했다.

"거기에서 뭘 하니? 저기 창문이 열린 방에서 말이야. 거기에서 뭘 하는 거야?"

"으교." 아이가 말했다.

"응?"

아이가 더 큰 목소리로 반복했다. "으~어~교." 남자아이는 눈을 부릅뜨고 말을 길게 늘이며 또박또박 말했다. "내 말도 못 알아들을 만큼 당나귀라면 어른이 된 게 다 무슨 소용이람!"

"아! 학교, 학교구나!" 바박스 브라더스가 말했다. "그래, 이제 알았다. 그러면 피비가 너희들을 가르치는 거야?"

남자아이가 고개를 끄덕였다.

"그래, 착하구나."

"이제 아랏쩌요?" 아이가 말했다.

"그래, 이제 알았다. 내가 2펜스 주면 어떻게 할래?"

"쓸래요."

한 치의 망설임도 없는 아이의 대답은 그에게 마땅한 변명거리도 남겨놓지 않았다. 바박스 브라더스는 절름발이가 된 심정으로 아이에게 2펜스를 건네고 굴욕감을 느끼며 물러났다.

하지만 오두막집을 지나가며 창문틀에 대고 있는 얼굴을 본 그는 그 존재에 대해 아는 척을 했다. 고개를 끄덕인 것도, 숙인 것도, 그렇다고 정중하게 모자를 벗은 것도 아닌 그 사이에서 적절한 타협점을 찾으려는 듯 이 세 가지를 놓고 버둥거리는 어정쩡한 몸짓이었다. 그 얼굴의 눈은 즐거워 보이기도 했고 응원을 보내는 듯하기도 했다. 아니면 둘 다였거나. 얼굴의 입술이 겸손하게 말했다. "즐거운 하루 보내세요, 선생님."

"머그비 교차로에 한동안 머물러야겠어." 돌아오는 길에 한 번 더 걸음을 멈추고 여러 갈래로 뻗은 선로를 바라보고는 바박스 브라더스가 아주 진지하게 말했다 "아직 어느 철길을 따라가야 할지 마음을 못 정하겠군. 결정을 내리기 전에 머그비 교차로에 좀 더 익숙해져야 해."

그래서 그는 여관에 "당분간 여기에서 지내려고 합니다"라고 말했고, 그날 밤과 다음 날 아침, 또 그다음 날 밤과 아침에도 역으로 내려가 그곳에서 일하는 사람들과 어울렸고, 모든 선로를 둘러보며 기차가 들어오고 나가는 데 관심을 가지기 시작했다. 처음에는 종종 램프의 작은 공간에 머리를 들이밀었지만, 그곳에서 램프를 발견하지는 못했다. 가끔 불을 쬐려고 구부정한 자세로 앉아 이따금 칼을 쥐고 빵과 고기를 들고 있는 한두 쌍의 벨벳 천 어깨를 발견하기도 했지만, 그가 "램프는 어디에 있습니까?"라고 물으면 그들의 대답은 램프는 "반대편 선로에 있다"라고 하거나 비번이라고 하거나 (후자의 경우에는) 그가 아는 램프가 아닌 다른 램프를 개인적으로 소개받았다. 이제 그는 구태여 램프를 찾아다니지는 않았지만, 적잖은 실망감이 들었다. 운동을 소홀히 할 만큼 머그비 교차로에 몰두하지도 않았다. 대신 매일 똑같은 방향으로 산책했다. 하지만 날씨가 다시 춥고 습해지자 창문이 굳게 닫혔다.

III

마침내 며칠이 지나 또다시 화창한 가을 날씨가 찾아왔다. 토요일이었다. 창문은 열려 있었고, 아이들은 보이지 않았다. 아이들이 사라질 때까지 모퉁이에서 꾹 참고 기다렸으니

놀랄 일은 아니다.

"안녕하세요?" 그가 이번에는 얼굴을 향해 정중하게 모자를 벗으며 말했다.

"안녕하세요."

"다시 화창한 하늘을 보게 되어 다행입니다."

"감사합니다. 친절하네요."

"혹시, 몸이 아픕니까?"

"아니요. 저는 아주 건강해요."

"하지만 항상 누워 있지 않습니까?"

"아, 네 그렇긴 해요. 왜냐하면 앉아 있을 수가 없거든요. 하지만 몸이 아픈 건 아니에요."

웃고 있는 눈을 보니 그의 실수가 재미있는 모양이다.

"수고스럽지만 안으로 들어오겠어요? 이 창문에서 내다보는 경치가 정말 아름답거든요. 제가 걱정하지 않아도 될 만큼 아프지 않은 것도 알게 될 거예요."

어정쩡하게 서서 소심하게 정원문의 걸쇠를 만지작거리는 그의 모습은 누가 봐도 안으로 들어가고 싶은 눈치였다. 그때 그녀가 그를 집안으로 초대했고, 그녀의 제안 덕에 그는 용기를 내어 안으로 들어갔다.

위층의 방은 지붕이 낮은 매우 깨끗하고 새하얀 방이었다. 방의 유일한 주인은 창문과 나란히 수평을 이룬 소파에 얼굴을 대고 누워 있었다. 소파도 새하얀 색이었다. 거기에다 그녀가 입고 있는 드레스 혹은 래퍼[1]가 머리에 두른 띠와 마찬가지로 연한 푸른색이었기 때문에, 그녀는 마치 공기처럼 가벼워 보였고 구름 위에 누운 듯한 환상적인 모습이었다. 그는 자신이 침울함과 무뚝뚝함이 몸에 밴 사람이라는 것을 그녀가 본능적으로 인식했다고 느꼈는데, 이런 이해가 쉽고 빠르게 이루어진 사실에 더 안도감이 들었다.

하지만 그녀와 악수하고 소파 옆에 앉는 것은 여전히 어색하고 불편했다.

"아, 이제 알았습니다." 그가 더듬거리며 말했다. "당신이 손으로 뭘 하는지. 밖에서 볼 때는 무슨 악기를 연주하는 줄 알았습니다."

그녀는 매우 민첩하고 능숙하게 레이스를 만들고 있었다. 레이스 필로우(lace-pillow)[2]가 그녀의 가슴 위에 놓여 있었는데, 필로우 위에서 손을 빠르게 움직이며 바꾸는 동작이 그에

---

1 몸에 휘감아서 입는 가운이나 치마 등을 말한다.

게 오해를 불러일으켰다.

"신기해요." 그녀가 환하게 웃으며 대답했다. "저도 종종 뜨개질하는 동안 곡을 연주한다고 상상하거든요."

"음악적인 지식이 있습니까?"

그녀가 고개를 저었다.

"레이스 필로우만큼 손쉽게 다룰 악기만 있다면 곡을 연주했을 거예요. 하지만 제가 잘못 생각하는지도 모르죠. 어쨌든 저는 결코 알 수 없을 거예요."

"목소리가 정말 좋더군요. 이런, 용서하세요. 당신이 노래 부르는 걸 들었습니다."

"아이들하고요?" 그녀가 살짝 얼굴을 붉히며 대답했다. "오, 저는 사랑스러운 아이들과 언제나 함께 노래해요. 그걸 노래라고 부를 수 있다면."

바박스 브라더스가 방 안에 있는 두 개의 작은 형상을 힐

---

2 필로우 레이스 또는 보빈 레이스라고도 부르며, 보빈(bobbin)이라는 특수한 나무 막대에 감은 실을 교차해 엮어 레이스를 짜는 수공예 레이스 제작 도구 중 하나다. 둥근 디스크 모양의 평평한 쿠션이 일반적이며 보통 짚이나 톱밥 및 기타 재료로 속이 채워져 있는데 레이스를 만드는 동안 핀을 제자리에 고정하는 데 사용한다.

곳 보았다. 그녀가 어린아이들을 좋아하고, 또 아이들을 가르치는 새로운 교수법을 익혔을까? "아이들을 정말 좋아해요." 그녀가 다시 고개를 내저으며 말했다. "하지만 교육에 대해서는 아무것도 몰라요. 가르칠 때 느끼는 흥미와 아이들이 배울 때 즐거워하는 모습을 보는 것 말고는. 그 꼬마들이 수업 중에 부른 노래 몇 곡을 듣고 제가 무슨 대단한 교사인 줄 잘못 생각했나 봐요? 아! 그럴 줄 알았어요! 교육에 대해서는 그저 읽고 들은 게 전부예요. 그런데 정말 사랑스럽고 즐거워 보이더군요. 그래서 아이들을 명랑한 로빈 새처럼 대해주었어요, 제 나름의 방식으로. 그게 얼마나 보잘것없는지는 굳이 안 들어도 될 거예요." 그녀가 작은 형상과 방 주변을 힐끗 보며 덧붙였다.

이 모든 와중에도 그녀의 손은 레이스 필로우에서 바쁘게 움직였다. 그녀의 손이 계속 분주하게 움직이고 있었기 때문에, 필로우에 달린 보빈의 딸깍거리는 소리와 움직임이 어느 정도 대화를 대신했기 때문에, 바박스 브라더스에게는 그녀를 관찰할 기회가 생겼다. 그는 그녀의 나이를 서른으로 추정했다. 투명한 얼굴과 크고 반짝이는 갈색 눈이 가진 매력은 소극적으로 체념한 것이 아니라 적극적이고 철저하게 활기에

차 있다는 것이었다. 가느다란 손가락만으로도 동정심을 불러일으킬 법한 그녀의 부지런한 손은 약간의 동정심마저 오만함과 무례함으로 느껴지게 할 만큼 즐겁고 훌륭하게 일을 처리했다.

그녀가 그를 향해 눈을 들어 올리자 그가 시선을 바로 앞에 펼쳐진 경치로 옮겼다. "정말 아름답습니다!"

"최고로 아름다워요. 항상 생각해요. 이번 한 번만은 꼭 일어나 앉아보고 싶다고. 머리를 똑바로 세우고 앉아 경치를 바라보면 어떨까 하고. 하지만 얼마나 어리석은 바람일까요! 남들 눈에 보이는 경치가 저보다 더 아름답게 보일 리 없을 텐데 말이에요."

그녀가 경치를 눈에 담으며 말했다. 경탄과 즐거움이 가득한 눈에는 박탈감의 흔적이 전혀 없었다.

"그리고 저기 은색 실이 여러 가닥으로 뻗어나간 듯한 철길 위로 뿜어져 나오는 연기와 증기가 정신없이 움직일 때면 정말이지 살아 있는 기분이 들어요." 그녀가 계속 말했다. "저는 어디든 원하는 곳으로 갈 수 있는 수많은 사람에 대해 생각해요. 일 때문이든, 단순히 놀러 가는 것이든 상관없이. 그 뿜어져 나오는 증기와 연기는 기차가 실제로 어딘가로 향하고 있다는 신호라는 걸 알거든요. 그리고 그 광경은, 제가 원하면, 북적거리는 열차 승객들로 얼마든지 더 생동감 있게 만들 수 있어요. 큰 교차로도 있어요. 언덕 밑이라 잘 보이지는 않지만, 자주 소리가 들려서 거기에 있다는 걸 알아요. 어떤 의미에서 그것은 제가 결코 볼 수 없을 수많은 장소와 사물을 연결해 주는 듯해요."

단 한 번도 본 적 없는 그 무언가와 자신이 이미 연결되어 있을지 모른다는 겸연쩍은 생각에, 그가 하는 수 없이 대답했다. "그렇군요."

"보다시피," 피비가 계속 말을 이어갔다. "저는 선생님이 생각하는 아픈 사람이 아니에요. 누구보다 잘살고 있어요."

"당신은 쾌활한 성격을 지녔습니다." 바박스 브라더스가 말했다. 알게 모르게 자신의 기질을 해명하려는 듯한 어조가 느껴졌다.

"아! 하지만 저희 아버지에 대해 알아둬야 할 게 있어요." 그녀가 대답했다. "아버지도 쾌활한 분이에요! 그러니 신경 쓰지 마세요!" 그의 수줍은 성격은 누군가가 계단을 오르는 소리에 온 신경이 곤두섰고, 자신을 성가신 침입자로 여길까 불안했다. "아버지가 와요."

문이 열렸고, 그녀의 아버지가 그 자리에 멈춰 섰다.

"오, 램프!" 바박스 브라더스가 의자에서 일어나 소리쳤다. "잘 지냈습니까?"

이에 램프가 대답했다. "아니, 방랑 신사가! 잘 지냈습니까?"

두 사람이 악수하자 램프의 딸은 놀라움과 감탄을 금치 못했다.

"그날 밤 이후로 29일까지 대여섯 번은 당신을 찾아다녔을 겁니다. 그런데 단 한 번도 못 만났지 뭡니까." 바박스 브라더스가 말했다.

"네, 저도 들었습니다." 램프가 대답했다. "기차는 안 타고 교차로에서 거의 매일 이 사람 저 사람 눈에 띄니 직원들 사이에서 '방랑 신사'라는 별명이 붙기 시작했습니다. 제가 갑자기 그렇게 불러 기분 나쁘지 않았으면 합니다, 선생님."

"전혀 아닙니다. 기분이 나쁘기는커녕 다른 어떤 이름보다 나에게 잘 어울리는 이름입니다. 하지만 여기 구석에서 질문을 하나 해도 될까요?"

램프는 자신의 벨벳 재킷 단추 하나를 붙잡고 딸의 소파에서 구석으로 이끄는 바박스 브라더스를 순순히 따라갔다.

"여기가 당신이 노래를 부른다는 그 침대 옆입니까?"

램프가 고개를 끄덕였다.

방랑 신사는 그의 어깨를 두드렸고, 두 사람은 다시 돌아섰다.

"애야." 램프가 딸을 바라본 뒤 다시 시선을 방문객 쪽으로 옮기며 말했다. "네가 이 신사분과 친분을 쌓다니 정말 놀랍구나. (이 신사분이 너그럽게 봐준다면) 둥글려 닦기를 좀 해야겠다."

램프 씨는 '둥글려 닦기'가 뭔지 몸소 보여주었다. 그는 공 모양으로 돌돌 말린 손수건을 꺼내 오른쪽 귀 뒤에서 뺨 위로 쓸어올리고 이마를 지나 다른 쪽 뺨 아래에서 왼쪽 귀 뒤까지 정성스럽게 문질렀다. 이 동작이 끝나자 그의 얼굴이 유분기로 번들거렸다.

"감정이 확 올라올 때 제게 이런 경향이 있습니다, 손님." 그가 사과하는 의미로 이런저런 말을 쏟아냈다. "그리고, 신사분이 피비와 친분을 쌓다니 정말 놀라울 따름입니다. 실례가 안 된다면 한 번 더 닦아야 할 듯합니다." 그는 다시 '둥글려' 닦았고, 그 덕에 다행히 안정을 되찾은 듯했다.

두 사람은 이제 딸의 소파 옆에 나란히 서 있었고, 그녀는 레이스 필로우에 몰두했다. 바박스 브라더스는 여전히 부끄러운 듯 반쯤 머뭇거리며 말을 꺼냈다. "딸이 일어나 앉지 못한다고 하더군요."

"네, 맞습니다. 한 번도 일어난 적이 없습니다. (생후 1년 2개월에 사망한) 딸아이 엄마는 평소 발작을 심하게 일으켰습니다. 그런데도 저한테 그런 사실을 알리지 않아서 미리 예방할 수 없었지요. 결국 아기를 들고 있다가 떨어뜨렸고, 이렇게 되고 말았습니다."

바박스 브라더스가 이맛살을 찌푸렸다. "당신 아내가 자신의 병을 숨기고 당신과 결혼한 건 매우 잘못한 일입니다."

"글쎄요, 손님." 램프가 오래전에 세상을 떠난 고인을 대신해 항변했다. "피비와 저도 그 문제로 얘기를 나눈 적이 있습니다. 그런데 그게 참, 우리 중 상당수는 이런저런 결점이 있잖아요. 발작을 일으키든 그렇지 않든, 우리가 결혼하기 전에 상대방에게 그 모든 걸 고백한다면 대부분은 결혼하지 않을 수도 있습니다."

"그게 더 낫지 않을까요?"

"이 경우는 아니에요." 피비가 아버지에게 손을 내밀었다.

"맞습니다. 이 경우는 아닙니다." 그녀의 아버지가 두 손으로 딸의 손을 꼭 잡고 토닥거리며 맞장구를 쳤다.

"내가 잘못 생각했군요." 바박스 브라더스가 얼굴을 붉히며 대답했다. "그러니 어떤 경우에도 약점을 고백하는 것은 내게 불필요한 일이 될 겁니다. 하지만 두 사람에 대해 더 알고 싶군요. 내 성격이 까다롭고 때로 남들을 따분하게 하는 건 어느 정도 알고 있어서 어떻게 물어봐야 할지 잘 모르지만, 두 사람 얘기를 듣고 싶습니다."

"물론이지요, 선생님." 램프가 쾌활한 목소리로 두 사람을 대신해 대답했다. "그러면, 우선 제 이름부터 말하면…."

"잠깐!" 방문객이 약간 상기된 얼굴로 끼어들었다. "이름이 뭐가 중요합니까! 램프면 충분합니다. 난 아주 마음에 듭니다. 밝고 당신을 가장 잘 표현하는 이름이니까요. 더 바랄게 없습니다!"

"물론입니다, 손님." 램프가 대답했다. "저 아래 교차로에서 다들 그렇게 부릅니다. 하지만 제 생각에는 일등석 편도 손님으로 지금 여기에 아주 사적으로 와 있으니 아무래도 제 진짜…."

방문자가 손을 저어 그 생각을 일축했다. 램프는 '둥글려 닦기'를 하는 것으로 방문객이 자신을 신뢰한다는 확신의 표시를 인정했다.

"당연히 일이 힘에 부치겠지요?" 바박스가 말했다. '둥글려 닦기'가 끝난 램프의 손수건은 조금 전보다 더 더러워졌다.

램프가 입을 열었다. "그렇게 힘에 부치지…." 그의 딸이 대신 말을 이어갔다.

"네, 그럼요. 하루에 열네 시간, 열다섯 시간, 열여덟 시간 근무하거든요. 스물네 시간 근무할 때도 있어요."

"그러면, 당신은 어떤가요?" 바박스 브라더스가 물었다. "피비, 당신은 아이들도 가르치고, 레이스도 만들고…."

"하지만 아이들을 가르치는 건 제겐 기쁨이에요." 피비가 중간에 말을 끊었다. 그의 둔감함에 새삼 놀란 듯 갈색 눈을 크게 뜨고 말했다. "전 어릴 때부터 아이들을 가르쳤어요. 그러면 아이들과 함께 어울릴 수 있으니까요. 그건 일이 아니었어요. 전 아직도 아이들을 가르쳐요. 왜냐하면 아이들이 계속 제 주변에 있으니까요. 그건 일이 아니에요. 전 아이들을 가르치는 게 사랑이라고 생각하지 일이라고 생각하지 않아요. 그리고 제 레이스 필로우는," 그녀의 부지런한 손놀림이, 마치 자신의 주장에 온전히 집중해야 한다는 듯 잠시 멈췄던 부지런한 손놀림이, 레이스 필로우라는 이름에서 다시 계속되었다. "제 생각과 제가 흥얼거리는 곡조를 따라가요. 그건 일이 아니에요. 참, 선생님도 그걸 음악이라고 생각했잖아요. 제게도 그래요."

"모든 게 다!" 램프가 환하게 웃으며 소리쳤다. "제 딸에게는 모든 게 음악입니다, 선생님."

"아무튼, 아버지도 그래요." 피비가 가느다란 집게손가락으로 아버지를 가리키며 즐거워했다. "아버지 안에는 브라스 밴드보다 많은 음악이 있답니다."

"이런! 맙소사! 효녀 났네! 아무리 그래도 아버지를 너무 띄워주는군요." 그가 적극적으로 이의를 제기했다.

"아니, 장담하건대, 그건 아니에요. 만약 아버지가 노래 부르는 걸 들을 수 있다면 제가 그냥 하는 말이 아니란 걸 알게 될 거예요. 하지만 그런 일은 없을 거예요. 왜냐하면 아버지는 저 말고는 누구 앞에서도 노래를 부르지 않거든요. 몸이 아무리 천근만근이라도 집에 돌아오면 항상 제게 노래를 들려줘요. 아주 오래전에, 제가 그야말로 부서진 가여운 인형처럼 여기에 누워 있었을 때, 아버지가 제게 노래를 불러주곤 했어요. 저와 아버지만 아는 그 어떤 사소한 농담도 노래에 녹여냈어요. 게다가 그걸 지금까지도 해요. 오! 아버지, 신사분이 물어본 대로 아버지에 대해 말할게요. 아버지는 시인이에요."

"딸아, 난 이 신사분이 말이지," 램프가 말했다. 잠시 그의 태도가 진지하게 변했다. "네 아비에 대해 그런 생각을 갖지 않길 바란다. 내가 처량하게 하늘의 별에나 물어보는 사람인 줄 알 수도 있으니까. 나라면 시간을 낭비하고 싶지도 않을 뿐만 아니라 내키는 대로 별에 물어보지도 않을 테니까."

"아버지는," 피비가 다시 고쳐 말했다. "항상 밝고 긍정적이에요. 선생님도 방금 제게 쾌활한 성격이라고 했잖아요. 제가 달리 어쩌겠어요?"

"저기, 그런데 말입니다," 램프가 따지듯 물었다. "제가 달리 어쩌겠어요? 그걸 선생님이라고 한번 생각해 보세요. 제 딸을 보세요. 항상 지금 신사분이 보는 저 모습 그대로입니다. 항상 일하고—손에 쥐는 건 일주일에 고작 몇 푼이지만—항상 만족하고, 항상 다른 사람들에게 관심이 있습니다. 그게 뭐가 되었든 말이에요. 제 말은 딸아이가 항상 지금 손님이 보는 모습 그대로였다는 겁니다. 늘 그래요. 거의 변함이 없습니다. 내가 쉬는 일요일에는 아침 종소리가 울리면 진심 어린 기도와 감사의 말이 낭독되는 걸 듣습니다. 그리고 제게 불러주는 찬송가를 듣습니다. 이 방 안에서만 들릴 정도로 아주 부드럽게 부르지만, 제게 그 선율은 천상에서 천사가 내려와 잠시 머물다 돌아가는 듯합니다."

단순히 이 말이 성스럽고 고요한 순간을 연상시켜서였을 수도 있고, 그보다는 병든 자의 옆을 지키는 구세주를 더 연상시켜서였을 수도 있지만, 그녀의 능수능란한 손놀림이 레이스 필로우에서 갑자기 멈췄고, 램프가 몸을 숙이자 딸이 아버지의 목을 꼭 끌어안았다. 아버지와 딸 모두 타고난 감수성이 대단한 것을 방문객은 쉽게 알 수 있었다. 그런데도 각자 상대방의 감정을 배려해 드러내놓고 표현하지는 않았고, 무척 겸손했다. 성격의 자연스러운 일부거나 시간이 지남에 따라 습득했거나, 완벽한 쾌활함은 제1의 천성이거나 제2의 천성이었다. 아주 잠깐 사이에 램프는 우스꽝스러운 표정을 지으며 한 바퀴 '둥글려 닦기'를 하고 있었고, (속눈썹 아래로 작고 반짝이는 눈물 한두 방울이 맺혀 있던) 피비의 웃는 눈은 다시 자신의 아버지와 자신의 일감과 바박스 브라더스에게로 향했다.

"아버지가," 그녀가 해맑은 표정으로 말했다. "남들이 저를 모르더라도 제가 다른 사람들에게 관심을 가진다고 말했는데—제가 이미 말했지만—어떻게 그럴 수 있는지 알아야 해요. 그건 아버지 덕이에요."

"아니, 아닙니다!" 램프가 이의를 제기했다.

"아버지 말을 믿지 마세요. 제 말이 맞아요. 아버지는 저 아래 교차로에서 일어나는 모든 일을 들려줘요. 매일 저를 위해 얼마나 많은 이야깃거리를 주워 담아 오는지 알면 놀랄걸요. 객차 안을 살펴보고 요즘 숙녀분들의 옷차림이 어떤지 말해줘요. 제가 요즘 패션이 어떤지 알 수 있도록! 객차 안을 살펴보고 몇 쌍의 부부가 보이는지, 또 몇 쌍의 신혼부부들이 신혼여행 중인지도 말해줘요. 제가 그것들에 대해 알 수 있도록 말이에요! 승객들이 객실에 두고 간 신문이며 책들도 모아서 가져와요. 제가 읽을거리가 많아지도록 말이에요! 병을 낫게 하려고 여행하는 아픈 사람들에 대해서도 얘기해줘요. 제가 그들에 대해 다 알 수 있도록 말이에요! 요컨대 앞서 말했듯, 아버지는 저 아래 교차로에서 자신의 눈으로 보고 알아낸 모든 것을 이야기하는데, 아버지가 보고 알아낸 양이 얼마나 많은지 상상할 수도 없을 거예요!"

"신문과 책을 모으는 건," 램프가 말했다. "확실히 제게 큰 이득이 되는 일은 아닙니다. 딱히 부수입이 생기는 것도 아니고요. 가령, 이런 식이지요, 선생님. 승무원이 와서 이렇게 말할 겁니다. '이봐, 램프, 여기 이거 받아. 자네 딸을 위해 신문을 좀 모아뒀어. 딸은 어떻게 지내?' 수석 짐꾼이 와서 이렇게 말할 겁니다. '자, 꽉 잡아, 램프. 자네 딸이 읽을 만한 게 두서너 뭉치나 있어. 딸아이는 여전해?' 그래서 그 일이 두 배로 환영받는 겁니다. 만약 딸아이 금고에 넉넉한 돈이 있었다면 그들은 그런 수고를 들이지 않았을 겁니다. 하지만 딸아이의 상황을 고려하면…이해할 겁니다." 램프가 서둘러 말을 덧붙였다. "그리고 이웃의 젊은 연인들에 관해서는, 기혼이든 미혼이든, 제가 그들에 대해 캐낸 모든 정보를 집으로 가져오는 건 당연한 일입니다. 이 근처에 사는 모든 연인이 묻지도 않는데 제 딸 피비에게 비밀을 털어놓으니, 제가 그들에게 어떤 일이 있는지 알려주는 건 매우 중요합니다."

피비가 바박스 브라더스를 향해 의기양양하게 눈을 치켜올리며 이렇게 말했다.

"사실이에요, 선생님. 제가 만약 일어나서 교회에 갈 수 있었다면 얼마나 자주 신부 들러리를 섰을지 몰라요! 하지만 그랬다간 사랑에 빠진 여자들 몇 명이 저를 시샘했을 거예요. 그런데 보다시피 아무도 저를 질투하지 않아요, 게다가 제 베개 밑에 지금처럼 케이크를 깔고 자지도 못했을 거예요.[1]" 그녀는 가볍게 한숨을 내쉬며 아버지에게로 얼굴을 돌리고 미소를 지었다.

어린 소녀가 도착했다. 피비의 학생 중 체구가 가장 큰 아이였다. 바박스 브라더스는 그 소녀가 오두막집의 집안일을 도와준다는 사실을 알았다. 어린 소녀는 자기 몸이 들어갈 만한 크기의 양동이와 자기 키의 세 배에 달하는 빗자루를 들고 적극적으로 집안일을 해치웠다. 그는 자리에서 일어나 오두막집을 나서며 피비가 괜찮다면 다시 오겠다고 말했다.

바박스 브라더스는 '산책길'에 들르겠다고 중얼거렸다. 그가 하루 만에 돌아온 걸 보면 그의 산책로가 매우 수월한 게 틀림없다.

"다시는 나를 볼 수 없다고 생각했을 겁니다, 그렇죠?" 그가 피비의 손을 토닥거리며 그녀의 소파 옆에 앉았다.

"제가 왜요!" 피비가 놀란 표정을 지으며 대답했다.

"당연히 나를 불신할 줄 알았습니다."

---

1 결혼식에서 가져온 케이크 한 조각을 베개 밑에 놓으면 연애운이 생기거나 미래의 배우자에 관한 꿈을 꾼다는 풍습을 의미하는데, 17세기에 시작되었다고 전해진다.

"당연히? 그렇게 불신을 많이 받았나요?"

"그렇다고 대답해야 마땅하다고 생각합니다. 하지만 나 역시 불신했던 것 같습니다. 뭐, 지금은 상관없습니다. 지난번 교차로에 관해 이야기를 나누었는데, 난 엊그제부터 그곳에서 몇 시간을 보냈습니다."

"이제 방랑 신사가 되었나요?" 그녀가 웃으며 물었다.

"물론 어딘가로 가겠지만, 아직 그곳이 어딘지 모를 뿐입니다. 당신은 내가 어디에서 여행을 떠날지 짐작조차 못 할 겁니다. 알려줘도 될까요? 내 생일에서 출발할 겁니다."

피비가 하던 일을 멈추고 못 믿는 듯 놀란 표정을 지으며 그를 바라보았다.

"맞습니다." 바박스 브라더스는 의자에 앉아 있는 것이 불편해 보였다. "내가 보기에 난 앞 장이 모두 찢겨 나간 이해할 수 없는 책입니다. 어린 시절에는 어린 시절다운 미덕이 없었고, 젊은 시절에는 젊은 시절다운 매력이 부족했습니다. 처음 시작이 그토록 불우한데 내가 뭘 기대할 수 있었을까요?" 바박스 브라더스의 눈동자가 피비의 눈동자와 마주쳤을 때 그의 가슴 속에서 무언가가 꿈틀거리며 속삭이는 듯했다. "이 침대는 어린 시절의 미덕과 젊음의 매력을 친절하게 받아주던 곳입니까? 오, 부끄럽습니다, 부끄럽습니다!"

"그건 나에게는 질병입니다." 바박스 브라더스가 잠시 말을 끊었다. 마치 목에 뭐가 걸린 듯 힘들어했다. "내가 어떻게 그런 말을 하게 되었는지 모르겠습니다. 오래전에 나를 배신한 당신과 같은 성별인 한 여성에 대한 잘못된 확신 때문이기를 바랍니다. 나는 모든 게 혼란스럽습니다."

피비의 손이 소리 없이 천천히 다시 하던 작업을 이어갔다. 바박스 브라더스는 피비를 바라보며 그녀의 시선이 신중하게 자기 손의 움직임을 따라가는 것을 보았다.

"나에게 생일은 항상 음울한 날이었습니다. 그래서 생일이 다가오면 여행을 떠납니다." 그가 다시 입을 열었다. "앞으로 5~6주 후면 다음 생일이 다가오는데, 이번에는 내가 진정으로 축하할 수 있는 첫 번째 생일을 맞게 될 겁니다. 이전의 생일을 다 잊든, 부정적인 감정을 억누르든, 여하튼 새로운 것들로 이전의 기억을 몰아내기 위해 여행을 떠납니다."

바박스 브라더스가 잠시 멈칫했을 때 피비가 그를 쳐다보았지만, 당황한 듯 고개를 저을 뿐이었다.

"이건 당신의 쾌활한 성격으로는 이해할 수 없는 일입니다." 그는 여전히 똑같은 표현을 고수했다. 마치 그 말속에 자기를 방어해 줄 어떤 미덕이라도 존재하는 듯이. "그럴 줄 알았고, 그렇게 되어 기쁩니다. 하지만 (고착된 집에 대한 모든 생각을 버리고 여생을 보내려는) 이 여행에서 나는, 당신 아버지를 통해 들었다시피, 여기 교차로에서 멈췄습니다. 그 결과 나는 바로 여기에서 어디로 가야 할지 갈피를 못 잡고 있습니다. 아직 결정을 내리지 못한 채 수많은 길 사이에서 여전히 갈팡질팡하고 있습니다. 내가 뭘 하려는지 짐작이 갑니까? 창문에서 몇 개의 갈림길이 보입니까?"

홍미로운 표정으로 그녀가 대답했다. "일곱 개요."

"일곱 개." 바박스 브라더스가 심각한 표정으로 피비를 바라보았다. "음! 그러면 당장 총개수를 일곱 개로 좁히겠습니다. 그런 다음, 점차 제일 조짐이 좋아 보이는 길 하나로 줄이고 그것을 받아들이겠습니다."

"하지만 어느 것이 가장 조짐이 좋은지 어떻게 알 수 있을까요?" 피비가 초롱초롱해진 눈빛으로 경치를 둘러보며 물었다.

"아!" 바박스 브라더스가 또 한 번 의미심장한 미소를 지었다. 그의 말투가 상당히 부드러워졌다. "확실히, 여기에 방법이 있습니다. 당신 아버지가 선한 목적을 위해 매일 많은 것을 모으듯 나 역시 가끔 중요하지 않은 목적을 위해 조금씩 주워 담을 수 있습니다. 방랑 신사는 교차로에 좀 더 익숙해져야 할 겁니다. 그는 교차로를 계속 탐색할 생각입니다. 일곱 갈래 길이 각각 시작되는 지점에서 그가 보고, 듣고, 알아낸 것을 길 그 자체에 접목할 때까지 말입니다. 어떤 길을 가야 할지는 그가 발견한 것 가운데서 내린 그의 선택에 달렸을 겁니다.”

피비의 손이 여전히 바쁘게 움직였지만, 그녀는 시선을 옮겨 다시 경치를 바라보았다. 마치 전에 없던 새로운 경치가 눈에 들어온 듯, 그것이 그녀에게 새로운 기쁨을 선사한 듯, 그녀가 웃었다.

“그 전에 꼭 해야 할 일이 있는데,” 바박스 브라더스가 말했다. “(기왕 이렇게 된 김에) 부탁 하나만 하고 싶습니다. 내가 계획한 일에 당신의 도움이 필요합니다. 당신이 바라보는 일곱 갈래 길의 시작점에서 내가 발견한 것들을 당신이 발견한 것과 비교해 보고 싶습니다. 그렇게 해도 될까요? 백지장도 마주 들면 낫다고들 하지 않습니까. 비록 우리가 이제 막 알게 된 사이이긴 하지만, 나 혼자 발견한 것보다 피비, 지금껏 당신 아버지와 당신이 더 나은 걸 발견했으리라는 생각이

듭니다. 괜찮을까요?"

피비가 동조하듯 오른손을 내밀었고, 그의 제안에 완전히 매료된 듯 열렬히 감사를 표했다.

"좋습니다." 바박스 브라더스가 말했다. "자, (기왕 이렇게 되었으니) 부탁 하나만 더 하지요. 눈 좀 감아주겠습니까?"

별스러운 요청에 피비가 장난스럽게 웃으며 그가 하라는 대로 했다.

"계속 감고 있어요." 바박스 브라더스가 슬그머니 문 쪽으로 걸어갔다가 다시 돌아와 말했다. "내가 눈을 떠도 된다고 할 때까지는 눈을 뜨지 않겠다고 약속해 줘요."

"네! 약속할게요."

"좋아요. 레이스 필로우를 잠깐 가져가도 될까요?"

여전히 웃음기 가득한 얼굴로 의아해하며 피비가 손을 떼었고, 그는 그것을 옆으로 치워 두었다.

"말해봐요. 어제 아침 고속열차가 여기 7번 선로에서 연기와 증기를 뿜어내는 걸 봤습니까?"

"느릅나무와 첨탑 뒤에서?"

"바로 그 길입니다." 바박스 브라더스가 말했다. 그의 눈이 그 길을 따라갔다.

"네. 그 연기와 증기가 사라질 때까지 봤어요."

"그 연기와 증기에 특별히 주목할 만한 점이 있었습니까?"

"아니요!" 피비가 즐겁게 대답했다.

"음, 조금 서운한 걸요, 내가 그 기차에 타고 있었는데. 잠깐, 눈을 뜨지 말아요, 내가 이걸 당신에게 주려고 가져왔습니다. 창의력이 넘치는 대도시에서. 레이스 필로우보다 작은 크기로 지금 그 자리에 가볍게 놓여 있습니다. 축소 모형 피아노 건반과 비슷한 작은 건반인데, 왼손으로 필요한 공기를 넣어주는 겁니다. 즐거운 음악을 골라봐요! 이제 눈을 떠도 좋습니다. 잘 있어요!"

부끄러운 마음에 서툴게 문을 닫고 나온 그는 피비가 황홀하게 선물을 가슴에 꼭 끌어안고 쓰다듬는 모습만 보았다. 그 광경은 그를 기쁘게도 했고, 또 슬프게도 했다. 피비의 젊음이 온전하게 피어났다면, 그날 그녀는 젖먹이를 품에 안고 잠든 아이의 고른 숨결을 들었을 텐데.

바박스 브라더스 앤 컴퍼니

선한 의지와 진지한 목적으로 방랑 신사는 바로 다음 날 일곱 길의 각 시작점에서 조사를 시작했다. 그와 피비가 깔끔한 필체로 꼼꼼하게 기록한 조사 결과는 이 진실한 연대기의 열일곱 번째 페이지[1]부터 제 위치를 찾는다. 하지만 그들은 정밀하게 검사할 때보다 정보를 모으는 데 훨씬 많은 시간을 소요했다. 산문의 수고로움을 죽도록 싫어하는 시적 능력이 뛰어난 일부 작가들이 '한가한 시간에 해치워 버리는' 매우 유익한 종류의 (후대를 위한) 작품을 제외하고는 대부분의

---

1 이 책 81페이지.

읽을거리가 그러할 것이다.

하지만 바박스가 절대로 서두르지 않았다는 것은 반드시 인정해야 한다. 선한 목적을 이루려는 그의 마음은 그 일에 푹 빠져들었다. 이따금 피비가 악기를 다루어 악보 없이 점점 더 많은 곡을 연주하고, 첫 곡 이후 타고난 감각과 귀가 나날이 세련되게 다듬어지는 동안, 그녀 옆에 앉아 음악을 듣는 즐거움도 (그것은 그에게 진정한 기쁨이었다) 있었다. 즐거울 뿐만 아니라 이 일은 주어진 임무였지만, 몇 주 동안 시간 가는 줄도 몰랐다. 그 결과 미리 골머리를 앓기도 전에 두려움에 떨던 생일이 다가왔다.

길을 선택하는 문제는 그 사안과 관련해 열린 (램프 씨가 가장 환하게 웃으며 몇 번 도움을 준) 모임에서 결국 바박스의 조사가 무용지물이었다는 예상치 못한 상황으로 치달아 더욱 긴급해졌다. 왜냐하면 그가 각기 다른 관심사를 이 길과 저 길에 연결해 보았지만, 우선시해야 할 길을 가려낼 수 없었기 때문이다. 결과적으로 처음과 마찬가지로 그 문제는 해결하지 못한 채 그대로 남아 있었다.

"아니, 선생님," 피비가 언급했다. "그래봐야 여섯 개의 길밖에 안 돼요. 일곱 번째 길은 시시한가요?"

"일곱 번째 길? 오!" 바박스 브라더스가 뺨을 문지르며 대답했다. "그 길은, 당신도 알다시피, 내가 당신에게 그 작은 선물을 가져다주었을 때 선택한 길입니다. 그게 그 길에 담긴 이야기예요, 피비."

"다시 그 길로 가보는 건 어때요?" 피비가 망설이며 물었다.

"물론입니다. 결국 그 길이 가장 확실한 길이니까."

"그 길을 가보면 좋겠어요." 피비가 설득력 있는 미소를 건넸다. "제 마음속에서 언제까지나 소중하게 자리할 그 작은 선물에 대한 사랑의 의미로. 그 길을 가보면 좋겠어요, 저에게 그 길은 다른 어떤 길과도 비교가 되지 않으니까요. 신사분이 제게 그 모든 좋은 것을 베푼 기념으로, 저를 훨씬 행복하게 해준 기념으로, 그 길을 가보면 좋겠어요! 선생님이 제게 이 큰 친절을 베풀 때 왔던 그 길을 따라 저를 떠난다면," 그녀의 목소리에 나직이 북받쳐 오르는 감정이 실렸다. "저는 여기 누워 창문을 내다보며 그 길이 신사분을 행복한 종착역으로 이끌고, 또 언젠가는 다시 이곳으로 데려올 거라고 느낄 거예요."

"그렇게 될 겁니다. 틀림없이 그렇게 될 거예요!"

그래서 마침내 방랑 신사는 어딘가로 향하는 기차표를 샀고, 그의 목적지는 창의성이 넘치는 대도시였다.

그는 교차로 주변을 특별한 일 없이 어슬렁거리다가 12월 18일에야 그곳을 떠났다. 그가 기차에 몸을 싣고 자리에 앉으며 생각했다. "더는 미룰 수 없어! 이제 내가 달아나야 할 날까지 맑은 날은 단 하루밖에 없어. 내일은 산악지형까지 밀어붙일 거야. 웨일스로 가겠어."

안개 낀 희뿌연 산, 불어난 개울, 비, 추위, 거친 바닷가, 울퉁불퉁한 길 등 그의 감각을 깨우는 새로운 경험을 통해 얻을 수 있는 명백한 이점을 의식적으로 떠올리는 것은 고통스러운 일이었다. 그런데도 자신이 바라는 만큼 뚜렷하게 그것들을 인식할 수는 없었다. 그 가련한 아가씨는 음악이라는 새로운 자산이 생겼음에도—처음으로—전에는 경험하지 못한 외로움을 느낄까? 그가 기차에 앉아 그녀를 생각하며 바라본 그 증기와 연기를 그녀도 보았을까? 저 멀리 창밖으로 그 증기와 연기가 사라져갈 때 그녀의 얼굴에 수심이 가득한 그림자가 드리워질까? 그녀가 그에게 그토록 좋은 일을 많이 해주었다고 말했을 때, 의도치 않게 그가 살면서 일삼았던 비관적인 신세 한탄을 고친 건 아니었을까, 그러니까 누구나 훌륭한 치료사가 될 수 있다고 생각하게 해서, 훌륭한 의사가 아니라도 누군가를 치유할 수 있다고 믿게 해서? 이런저런 생각들이 그와 웨일스의 풍경 사이에 끼어들었다. 그의 내면에도 흥미를 느꼈던 대상에서 멀어지거나 즐거운 활동을 중단한 후에 뒤따르는 공허함이 존재했다. 이런 감각은 그에게 아주 생소한 것이었기에 그를 불안하게 했다. 게다가 머그비 교차로를 상실하면서 그는 다시 자기 자신을 발견했고, 더 흥미로운 사람들과 함께 시간을 보냈다고 해서 그 영향으로 자기 자신을 더 좋아하게 된 것도 아니었다.

하지만 분명 여기에서 멀지 않은 곳에 창의력이 넘치는 대도시가 있을 것이다. 기차가 견디는 이 요란한 소음과 진동, 그리고 사방에서 울리는 새로운 소음과 뒤섞인 온갖 불협화음은 그야말로 이 기차가 거대한 역에 가까워졌음을 의미하는 것일 수도 있다. 그것은 확실히 그런 의미였다. 요란하게 번쩍이는 도시의 번개가 줄지어 늘어선 붉은 벽돌집, 높이 솟은 붉은 벽돌 굴뚝, 붉은 벽돌로 지은 아치 철교의 풍경, 불의 혀[1], 연기구름, 운하 주변의 골짜기, 석탄 야적장을 눈 깜짝할 사이에 드러낸 후 기차가 여행의 종착점에 이르자 우레

---

1 불꽃.

와 같은 굉음이 들렸다.

　숙소로 고른 호텔에 대형 여행 가방이 안전하게 보관되는지 확인하고 저녁 식사 시각을 정한 바박스 브라더스는 번화한 거리로 산책을 나섰다. 그런데 어쩐지 머그비 교차로가 눈에 보이는 지선은 물론이고 눈에 보이지 않는 여러 지선의 분기점이었고 수많은 경로에 자신을 연결해 주었을지도 모른다는 의혹이 강하게 고개를 들었다. 불과 얼마 전까지만 해도 맹목적으로 우울하게 이 거리를 걸었다면, 이제 그는 외부 세계를 바라보는 새로운 눈과 생각을 지니게 되었으니 말이다. 얼마나 많은 힘들게 일하는 사람들이 살며, 사랑하고, 세상을 떠났던가! 노동자들을 여러 계급으로 나누고, 심지어 그들의 기술과 능력이 결합한 전체 시스템의 하위부문에서 또다시 그들을 여러 계급으로 구분하게 하는 눈과 손의 다양한 훈련과 시각과 촉각의 미세한 차이를 생각하면 얼마나 경이로운지! 비록 그것들이 일상생활에서 흔히 볼 수 있는 저렴한 물건이나 장식품에 불과할지라도 말이다. 다수가 각자 자기 역할에 맞게 모여 자신들이 가진 재주로 문명화에 기여하는 행위는 반짝 떠들썩했다가 잠잠해지는 오만한 사람들 사이에서 유행하던 주장과는 달리 고된 일을 하는 노동자들의 가치를 훼손하지 않았고, 오히려 문명화의 목적에 이바지한 이들에게 자존감을 불러일으켰으며 그런데도 자만하지 않고 그들 사이에서 더 깊은 지식과 통찰력을 얻고자 하는 겸손한 욕구를 일깨웠다는 사실을 알게 되니 얼마나 좋은지 모른다(첫 번째는 그가 잠시 걸음을 멈추고 물어보았을 때 그들이 보여준 균형 잡힌 자세와 말투에서 드러났고, 두 번째는 공공장소의 벽에 붙은 다양한 학습 활동과 즐길 거리에 관한 짧은 공지에서 드러났다)! 이 모든 고찰과 머릿속을 스치고 지나간 수많은 생각이 그의 발걸음을 기억에 남을 만한 것으로 만들었다. 그는 "나 역시 거대한 전체의 작은 일부에 불과해"라고 생각했다. "나 자신과 타인에게 도움이 되거나 행복해지려면 내 관심을 공동의 자원에 쏟아부어야 해."

정오 무렵 여정의 종착지에 도착했지만, 무심결에 너무 오랫동안 마을을 쏘다닌 탓에 어느새 등불을 켜는 사람들이 거리로 나와 일을 시작하고 있었고, 환하게 불을 밝힌 상점들이 반짝반짝 빛나고 있었다. 숙소로 돌아가야겠다는 생각이 들었을 때, 고사리 같은 작은 손이 슬며시 그의 손을 잡았고, 아주 작은 목소리가 들렸다.

"오! 길을 잃었어요."

아래를 내려다보니 작은 금발 소녀가 보였다.

"정말이에요." 어린 소녀가 진지하게 고개를 끄덕이며 거듭 말했다. "진짜 길을 잃었어요."

당황한 바박스가 걸음을 멈추고 도움을 청하려고 주위를 둘러보았지만, 아무도 없었다. 그가 몸을 낮추며 아이에게 물었다. "어디 사니, 꼬마야?"

"어디 사는지 몰라요." 아이가 대답했다. "길을 잃었어요."

"이름이 뭐지?"

"폴리."

"다른 이름은?"

답변은 신속했지만, 알아듣기 힘들었다.

바박스 브라더스는 그 소리와 비슷하게 발음해 보았다 "트리비츠?"

"오, 아니요!" 아이가 고개를 흔들었다. "전혀 똑같지 않아요."

"다시 말해주렴, 꼬마야"

가망이 보이지 않았다. 이번에는 완전히 다른 소리였다.

그가 한 번 시도해 보았다. "패든스?"

"오, 아니요!" 아이가 말했다. "전혀 똑같지 않아요."

"한 번만 더. 한 번만 더 해보자, 꼬마야."

영 가망이 없었다. 이번에는 네 음절로 불어났다. "태피터 버는 아니지?" 당황한 바박스 브라더스가 모자로 머리를 문지르며 물었다.

"네! 그거 아니에요." 아이가 조용히 수긍했다.

아이는 이 불운한 이름을 다시 한번 또렷하게 발음하려고 애썼고, 그 결과 적어도 8음절로 불어났다.

"하! 꼬마야," 바박스 브라더스가 절망적인 표정으로 말했다. "이제 포기하는 게 좋겠구나."

"하지만 나는 길을 잃었는걸요." 아이의 작은 손이 그의 손을 더 꽉 붙들었다. "아저씨가 나를 돌봐줄 거죠?"

마음 한편의 연민과 또 다른 한편에 자리한 우유부단함이라는 박약한 정신 사이에서 심각한 내적 갈등을 겪으며 당황한 한 남자가 있다면, 그건 바로 여기 있는 이 남자다. "길을 잃었어!" 그가 아이를 내려다보며 반복했다. "난 길을 잃었단다. 어떻게 해야 하지?"

"아저씨는 어디 살아요?" 아이가 그를 올려다보며 애처롭게 물었다.

"저기." 바박스 브라더스가 어렴풋이 호텔 방향을 가리키며 대답했다.

"거기로 가는 게 좋지 않을까요?" 아이가 말했다.

"글쎄다," 그가 대답했다. "잘 모르지만, 그래야 할 것 같구나."

그래서 그들은 손을 잡고 출발했다. 바박스 브라더스는 마치 어리석은 거인이 된 듯한 어색한 기분으로 어린 동반자와 자신을 비교했다. 어린 소녀는 그를 당혹스러운 상황에서 깔끔하게 벗어나게 해줌으로써 확실히 더 당당해졌다.

"거기 도착하면 저녁을 먹으러 가요?" 폴리가 물었다.

"글쎄다," 그가 대답했다. "어…그래, 그럴 거야."

"아저씨의 저녁은 마음에 들어요?" 아이가 물었다.

"음, 전반적으로," 바박스 브라더스가 말했다. "어, 그렇게 생각한다."

"내 것도 그래요." 폴리가 맞장구쳤다. "형제자매가 있어요?"

"아니. 넌 있니?"

"다 죽었어요."

"오!" 바박스 브라더스는 몸과 마음을 무겁게 짓누르는 이 터무니없는 감각 때문에 이 짧은 대답을 넘어서서 어떻게 대화를 이어가야 할지 막막했다. 하지만 아이는 항상 그를 위한 답변이 준비되어 있었다.

"저녁을 먹고 나서," 어린 소녀가 부드러운 손으로 그의 손을 살살 달래듯 감싸며 물었다. "나와 놀아줄 거예요?"

"맙소사, 폴리," 바박스 브라더스가 무척 당황하며 소리쳤다. "전혀 모르겠구나!"

"그러면 이렇게 해요." 폴리가 말했다. "혹시 집에 카드가 있어요?"

"많지." 바박스 브라더스가 자랑스럽게 대답했다.

"아주 좋아요. 그러면 내가 집을 지을 테니 아저씨는 나를 지켜봐요. 절대 불면 안 돼요, 알았죠?"

"오, 그래!" 바박스 브라더스가 말했다. "절대, 절대로 불지 않으마."

바박스 브라더스는 아둔한 괴물치고는 꽤 잘 말했다고 자부했지만, 아이의 다음 한 마디에 그가 품었던 희망에 차오르던 생각들이 무참히 파괴되었다. 어린 소녀는 그가 아이의 수준에 맞추려고 애쓰는 모습이 어색한 것을 금방 알아차리고는 동정하는 어조로 말했다. "정말 재미있는 분이에요!"

이 우울한 실패 이후 바박스의 몸은 점점 더 천근만근으로 변했고, 마음이 더 약해지는 듯한 기분이 들었다. 그는 체념하고 어려운 상황을 감수하기로 했다. 모든 것을 정복한 잭[1]이 의기양양하게 끌고 간 거인조차 끌려가면서 폴리의 노예로 속박된 바박스보다 더 고분고분하지는 않았으리라.

"아는 이야기가 있나요?" 아이가 물었다.

그는 굴욕적인 고백을 할 수밖에 없었다. "아니."

"아저씨 바보예요?" 폴리가 물어보았다.

그는 굴욕적인 고백을 할 수밖에 없었다. "그래."

"내가 이야기 하나 들려줄까요? 하지만 잘 기억해야 해요. 나중에 다른 사람에게 틀리지 않고 이야기해야 하니까."

바박스 브라더스는 이야기를 배우는 것이 자신에게 최고의 정신적 만족을 줄 것이니 겸손하게 그것을 마음속에 간직하기 위해 노력하리라 공언했다. 그 결과 폴리는 붙잡은 손을 살짝 돌리고는 즐거운 표정으로 기나긴 모험담을 개시했는데, 모든 재미있는 구절은 "그래서 이…"이거나 "그런데 이…"라는 말로 시작했다. 가령 "그래서 이 소년은" 또는 "그래서 이 요정은" 또는 "그래서 이 파이의 둘레는 4야드, 깊이는

---

1 동화 『잭과 콩나무』에서 거인을 끌고 가는 잭을 의미함.

2야드에 1/4야드를 더한 값이었다"처럼. 이 모험담이 지닌 흥미로움의 요소는 탐욕스러운 식욕을 지닌 이 소년을 벌하기 위해 이 요정이 개입한 데서 비롯되었다. 어떤 목적을 달성하기 위해 이 요정은 이 파이를 만들었고, 이 소년은 먹고, 먹고, 또 먹었고, 뺨이 부풀어 오르고, 부풀어 오르고, 또 부풀어 올랐다. 곁가지와 같은 부수적인 상황이 있었지만, 가장 흥미진진한 요소는 소년이 먹어 치운 파이의 총량과 그에 따른 결과로 이 소년의 배가 터진 것이었다. 진지하고 주의 깊은 표정으로 귀를 쫑긋 세우고, 번잡한 시내에서 이리저리 떠밀려 다니면서도 혹시 나중에 물어볼 경우 빠진 부분이 있으면 안 되니 이야기 중 한 부분이라도 놓칠까 싶어 벌벌 떠는 바박스 브라더스의 모습은 그야말로 진풍경이었다.

그렇게 해서 그들은 호텔에 도착했다. 그리고 그는 접수 데스크에 어색하게 말했다. "꼬마 숙녀를 찾았습니다!"

호텔 사람들 모두가 그 어린 소녀를 바라보았다. 아무도 그 여자아이를 알아보지 못했고, 제대로 이름을 분간하지 못했다. 딱 한 명, 객실 청소부가 콘스탄티노플이라고 말했지만, 그 이름도 아니었다.

바박스 브라더스는 호텔 당국에 "개별실(private room)에서 꼬마 친구와 함께 저녁 식사를 할 테니 경찰에게 이 예쁜 꼬마가 여기 있다고 알려주세요"라고 말했다. "내 생각에 곧 사람들이 아이를 찾을 겁니다, 아직 찾지 않았다면 말이에요. 가자, 폴리."

더할 나위 없이 편안하고 평온하게 폴리가 따라왔지만, 계단이 다소 딱딱한 것을 알고 아이는 바박스 브라더스에게 안겨 올라갔다.

저녁 식사는 기대 이상이었다. 소심한 바박스가 폴리가 알려주는 대로 고기를 잘게 썰고 접시에 넉넉하고 균일하게 육즙을 퍼트리는 방법을 익히는 모습은 그야말로 또 하나의 진풍경이었다.

"자, 이제." 폴리가 말했다. "식사 중에는 착하게 굴어야 해요. 그러면, 아까 내가 가르쳐준 이야기를 해봐요."

그는 무슨 공무원 시험이라도 치르는 듯 긴장되고 떨리는 마음이었고, 파이가 역사에 등장한 시대는 물론이고 이야기를 위해 절대 빠져서는 안 될 그 크기에 대해서도 확신할 수 없었기에 불안하게 시작했지만, 폴리의 격려 아래 그럭저럭 잘 해냈다. 소년의 뺨과 식욕을 표현하는 데는 관찰의 폭이 부족했고, 요정을 묘사하는 부분에서 전달되는 부드러움의 요소는 요정에 대해 해명하려는 욕구가 깔려 있었다. 그래도 유쾌한 괴물의 첫 번째 꼴사나운 연기는 무사히 검열을 통과했다.

"내가 착하게 굴라고 했잖아요." 폴리가 말했다. "아저씨는 착해요. 그렇죠?"

바박스 브라더스가 대답했다. "그러길 바라마."

폴리는 그의 오른편에 놓인 의자의 소파 쿠션 위에 올라가 기름 묻은 숟가락으로 얼굴을 한두 번 톡톡 두드려 주었고, 심지어 자비로운 입맞춤으로 그를 격려했다. 하지만 그에게 이 마지막 보상을 해주기 위해 의자에 올라섰을 때 폴리는 균형을 잃고 접시 위로 넘어졌고, 그가 소녀를 구출하며 외쳤다. "이런! 어휴! 큰일 날 뻔했구나, 폴리!"

"아저씨 정말 겁쟁이 맞죠?" 폴리가 다시 의자에 앉으며 말했다.

"그래, 좀 긴장해서 그래." 그가 대답했다. "어휴! 그러지 마, 폴리! 숟가락 휘두르지 마. 그러다 옆으로 넘어진다. 웃으면서 다리를 위로 올리지 마, 폴리. 뒤로 넘어질라! 어휴! 폴리, 폴리, 폴리!" 바박스 브라더스는 거의 절망감으로 쓰러질 지경이었다. "우리는 지금 위험에 처했다고!"

사실 바박스 브라더스가 폴리를 향해 아가리를 떡 벌리고 있는 낙상의 위험으로부터 아이를 안전하게 보호할 유일한 방법은 저녁 식사 후 낮은 의자에 앉으라고 제안하는 것뿐이었다. "아저씨가 원하면 그렇게 할게요." 폴리가 말했다. 그래서 마음의 평화가 가장 우선순위였으므로 바박스 브라더스는 웨이터에게 테이블을 치우고 카드 한 팩과 발판 두 개, 그리고 가림막을 가지고 와서 벽난로 앞의 폴리와 그 자신이 개별실 안의 아늑한 공간에 머무는 듯이 조성해 달라고 요청했다. 무엇보다 가장 멋진 진풍경은 바박스 브라더스가 양탄자 위에 파인트 용량의 디캔터[1]를 올려놓고 폴리가 성공적으로 집을 짓는 모습을 지켜보는 내내 혹시나 카드를 날려버리지 않을까 전전긍긍하며 숨을 꾹 참고 있느라 얼굴이 새파랗게 질린 모습이었다.

"나 보고 있어요?" 폴리가 빈집 같은 침묵을 깼다.

문득 들켰다는 사실을 깨닫고 사과하듯 그가 인정했다. "미안하다, 폴리. 내가 너무 빤히 바라보았구나."

---

1 포도주 등을 일반 병에서 따라 내어 상에 낼 때 쓰는 유리병. 일반적으로 목 부분이 좁고 바닥이 넓어서 안정적으로 보관할 수 있다.

"왜 뚫어지게 보는 거예요?" 폴리가 물었다.

"잘 몰라, 폴리." 그는 혼잣말로 중얼거리듯 읊조렸다. "왜 그랬는지 기억이 안 나는구나."

"자기가 뭘 하면서 그 이유도 모른다니 정말 얼간이 같아요, 안 그래요?" 폴리가 말했다.

이런 면박에도 바박스 브라더스는 아이가 카드로 만든 집 위로 고개를 숙일 때 풍성한 컬이 베일처럼 얼굴을 덮는 모습을 다시 뚫어지게 바라보았다. "말도 안 돼"라고 그는 생각했다. "이 예쁜 아이를 전에 봤을 리 없어. 이 아이 꿈을 꿨었나? 슬픈 꿈에서?"

바박스 브라더스는 아무것도 기억해 낼 수 없었다. 그래서 그는 폴리 밑에서 일꾼이 되어 집짓기를 시작했고, 그들은 3층 높이, 4층 높이, 심지어는 5층 높이까지 건물을 지었다.

"아저씨, 누가 올 것 같아요?" 차를 마시고 나서 폴리가 눈을 비비며 물었다.

바박스 브라더스가 추측해 보았다. "웨이터?"

"아니요." 폴리가 말했다. "청소부예요. 나 이제 졸려요."

바박스 브라더스에게 또 한 번 난처한 상황이 벌어졌다!

"오늘 밤은 안 데려갈 것 같아요." 폴리가 말했다. "어떻게 생각해요?"

그의 생각도 마찬가지였다. 한 시간 반이 더 지난 시각이었고, 청소부가 곧 들이닥칠 시점을 지나 실제로 방안에 도착했다. 그들은 아이의 성을 콘스탄티노플이라고 주장한 객실 청소부에게 도움을 청해야 했다. 그리고 그녀는 자신과 함께 아이가 편안하고 쾌적한 방에서 잘 거라고 기꺼이 약속했다.

"조심할 거죠?" 바박스 브라더스는 새로운 두려움이 엄습했다. "아이가 침대에서 떨어질까 걱정됩니다."

폴리는 이 상황이 너무 재미있어서 발판에 앉아 카드를 집어 들고 있는 그의 목을 양팔로 꽉 움켜잡고는 보조개가 들어간 턱을 그의 어깨에 대고 이리저리 흔들어야만 했다.

"오, 아저씨는 정말 겁쟁이예요!" 폴리가 말했다. "아저씨는 침대에서 떨어져요?"

"어⋯보통은 아니야, 폴리."

"나도 이젠 안 그래요."

그렇게 말하고 폴리는 그를 한두 번 안아주며 안심시켰고, 그 고사리 같은 손이 콘스탄티노플 객실 청소부의 손에 감싸 안기도록 손을 내밀고는 불안한 기색 없이 재잘재잘 지껄였다.

바박스 브라더스는 아이를 계속 눈으로 좇았고, 가림막을 제거하고 테이블과 의자를 교체했고, 그러고 나서도 여전히 아이가 가는 모습을 지켜보았다. 그는 30분 동안 방을 서성거렸다. "어린 것이 마음을 사로잡았지만, 그것 때문만은 아니야. 작은 목소리가 마음을 사로잡았지만, 그것 때문만은 아니야. 그것과 많은 관련이 있지만, 그게 이유는 아니야. 어떻게 이 아이가 낯설지 않을까? 길거리에서 아이의 손길을 느끼고 아이를 내려다보았을 때, 아이가 나를 올려다보는 것을 보았을 때, 아이가 나에게 불완전하게 떠올리게 한 것은 무엇이었을까?"

"잭슨 씨!"

바박스 브라더스는 차분한 목소리가 들리는 쪽으로 고개를 돌렸고, 문 앞에 자신이 기다리던 사람이 서 있는 것을 보았다.

"오, 잭슨 씨, 부디 저를 가혹하게 대하지 마세요. 간청하건대, 제게 힘이 되는 말 한마디만 부탁해요."

"당신이 폴리의 어머니군요."

"네."

그래. 폴리도 언젠가는 이렇게 되겠지. 장미의 빛바랜 시든 잎에서 활짝 핀 모습을 찾듯이, 겨울 나뭇가지에서 여름의 숲이 어떤 모습이었을지 짐작하듯이, 언젠가는 가족을 돌보느라 이렇게 지치고 머리가 희끗희끗해진 여인의 모습에서 폴리를 찾아낼지도 모른다. 그의 눈앞에 한때 활활 타올랐던, 이제는 생명을 다한 불의 재가 있었다. 이 모습이 그가 사랑한 여인이었다. 이 모습이 그가 놓쳐버린 여인이었다. 상상 속 그녀의 모습은 언제나 변함없었고, 멈춰 버린 시간 속에서 그녀의 모습은 조금도 달라지지 않았었다. 하지만 삶이 그간 그녀를 얼마나 끔찍하게 대했는지 알고 나니 이제 그의 마음은 연민과 놀라움으로 가득 찼다.

바박스 브라더스는 그녀를 의자로 이끌고 벽난로 모서리에 기대 머리를 손으로 받치고 얼굴을 반쯤 가린 채 서 있었다.

"길거리에서 나를 발견하고는 나를 아이에게 보여준 겁니까?" 그가 물었다.

"네."

"그러면 그 어린 것이 속인 당사자예요?"

"속이다니요. 제가 딸에게 '우리는 길을 잃었어. 엄마가 길을 찾아봐야 해. 넌 저 신사분에게 가서 길을 잃었다고 말해.

곧 데리러 갈게'라고 말했어요. 그 아이가 얼마나 어린지 생각해 보지 않았나요?"

"자기 앞가림은 할 줄 알았습니다."

"그러기엔 아직 너무 어리니까요?"

바박스 브라더스가 잠깐 멈추었다가 물었다. "왜 이러는 겁니까?"

"오, 잭슨 씨, 그걸 꼭 물어봐야 해요? 제 순진한 아이에게서 저에 대한 당신의 마음을 누그러트릴 무언가를 보기를 바라는 마음에서지요. 저뿐만 아니라 제 남편에 대해서도."

바박스 브라더스가 갑자기 돌아서서 방의 반대편 끝까지 걸어갔다가 천천히 더 느린 걸음으로 돌아와서 다시 조금 전 자세를 취하며 물었다.

"미국으로 이민 간 줄 알았는데?"

"그랬었지요. 하지만 그곳에서의 삶이 너무 고단해서 돌아왔어요."

"이 도시에 삽니까?"

"네. 저는 여기에서 매일 음악을 가르쳐요. 제 남편은 장부 관리인이에요."

"이렇게 물어봐서 미안한데…형편이 좋지 않습니까?"

"먹고 살 만큼은 벌어요. 돈 때문에 힘든 건 아니에요. 남편이 오랜 지병으로 굉장히 아파요. 절대 회복할 수 없을 거예요."

"진정하고 마음을 가라앉혀요. 아까 당신이 한 말 대로 힘이 되는 말이 필요하면 내게서 가져가요. 옛 추억을 어찌 잊겠습니까, 베아트리체."

"참으로 고마운 분!" 그녀는 눈물을 흘리며 떨리는 손을 그에게 내밀었다.

"마음을 가라앉혀요. 당신이 우는 모습을 보니 내 마음을 표현할 길이 없을 정도로 괴롭습니다. 내게 편하게 말해요. 날 믿어요."

그녀는 베일로 얼굴을 가리고 차분하게 이야기를 시작했다. 그녀의 목소리에서 폴리의 음색이 느껴졌다.

"남편의 육체적 고통이 그의 정신마저 해친 건 아니에요. 그건 분명하지만, 신체적 약점과 불치병을 앓는다는 인식 때문에 남편은 오로지 한 가지 생각에만 사로잡혀 있어요. 그 생각은 그를 잡아먹고, 이미 고통스러운 삶의 모든 순간을 더 어렵고 힘겹게 해서 그의 남은 삶마저 단축하고 있어요."

그녀가 말을 중단하자 그가 다시 말했다. "나에게 편하게 말해요. 나를 믿어요."

"우리 부부는 이 어린 것이 태어나기 전에 다섯 명의 아이를 낳았지만, 모두 작은 무덤에 누워 있어요. 남편은 그 아이들이 모두 저주를 받아 약해졌고, 다른 아이들처럼 이 아이도 저주를 받으리라 믿어요."

"무슨 저주?"

"저와 남편은 당신에게 그토록 큰 시련을 안긴 것에 대해 죄책감을 느껴요. 제가 아는 건, 저 역시 남편처럼 몸이 아프면 그와 마찬가지로 마음속으로 고통받을 거라는 거예요. 죄책감은 끊임없이 마음을 짓누르지요…'베아트리체, 잭슨 씨는 내가 그분보다 한참 어린데도 나를 유일한 친구로 생각했어. 회사에서 더 많은 권한과 힘을 갖게 되면서 나를 더 높은 직책으로 승진시켜 주었지. 그리고 개인적인 얘기를 털어놓을 사람은 나뿐이었어. 내가 당신과 그분 사이에 끼어들어 당신을 빼앗아 갔어. 우리 관계는 비밀이었지. 그러다 그분이 미처 예상하지 못한 순간에 뒤통수를 쳤어. 그토록 짓눌린 한 남자의 고통은 끔찍했을 테고, 그 분노는 감당할 수 없었을 거야. 그래서 우리의 불쌍하고 예쁜 꽃들에 저주가 내려졌고, 그렇게 지고 말았어.'"

"그러면 베아트리체, 당신은 어떻습니까?" 그녀가 말을 멈춰서 잠시 침묵이 흐른 순간 그가 다시 물었다. "당신 생각은 어때요?"

"몇 주 전까지만 해도 저는 당신이 두려웠어요. 당신이 절대 용서하지 않으리라 믿었어요."

"몇 주 전까지만 해도." 그가 반복했다. "몇 주 만에 나에 대한 생각이 바뀌었습니까?"

"네."

"어떤 이유에서?"

"이 마을의 한 상점에서 악기를 사고 있을 때였어요. 놀랍게도 당신이 가게에 들어왔어요. 저는 얼굴을 가리고 어둡고 구석진 곳에 있었는데, 당신이 병상에 누워 있는 어떤 여성에게 줄 악기를 찾는다고 설명하는 걸 들었어요. 그때 당신의 말투와 행동은 정말 부드러웠고, 악기를 고르는 데도 열의가 돋보였어요. 당신은 그 악기를 아주 조심스럽게, 그리고 아주 즐겁게 직접 들고 나갔어요. 그 모습을 지켜보며 당신이 무척 온화한 사람이라는 걸 알았어요. 오! 잭슨 씨, 제가 흘린 단비처럼 후련한 눈물을 느낄 수 있었다면!"

그 순간 피비가 연주하고 있었을까, 저 멀리 그녀의 소파에서? 그의 귀에 피비의 목소리가 들리는 듯했다.

"당신이 어디에 사는지 상점에 문의했지만, 아무런 정보도 얻을 수 없었어요. 저는 당신이 (어디로 가는지는 말하지 않았지만) 다음 기차를 타고 돌아간다는 말을 들었기 때문에 수업 틈틈이 가능한 한 자주 그 시간대에 역에 들렀어요. 혹시라도 당신을 마주칠까 하는 마음에서. 역에 자주 가봤지만 더는 당신을 볼 수 없었어요, 어제까지는. 당신은 생각에 잠겨 길을 걷고 있었어요. 하지만 당신 얼굴에 깃든 평온한 표정을 보고 있자니 제 아이를 당신에게 보내야겠다는 용기가 생기더군요. 당신이 고개를 숙이고 아이에게 부드럽게 말하는 모습을 보면서 저는 하느님께 당신에게 그 모든 슬픔을 가져다준 저를 용서해 달라고 기도했어요. 이제 저는 저와 제 남편을 용서해 주기를 당신에게 기도합니다. 저나 남편이나 어려서 철이 없었고, 무지하고 무모한 탓에 인생에서 더 많은 아픔을 겪은 사람들에게 무슨 짓을 하는지 알지 못했어요. 당신은 너그럽고 선한 분이에요! 저를 일으켜 세우고, 제가 당신에게 저지른 죄를 가벼이 여기니!" 바박스 브라더스는 그녀가 무릎 꿇는 모습을 보고 싶어 하지 않았고, 친절한 아버지가 실수한 딸을 달래듯 그녀를 달랬다. "감사합니다, 친절한 분! 감사해요!"

바박스 브라더스는 커튼을 젖히고 잠시 밖을 내다본 후 이렇게만 말했다.

"폴리는 잠들었습니까?"

"네. 여기로 들어오는 길에 딸아이가 위층으로 올라가는 걸 보고, 제가 직접 침대에 눕혔어요."

"내일 나에게 아이를 맡겨요, 베아트리체. 그리고 내 수첩의 여기 이 페이지에 당신 주소를 적어줘요. 저녁에 아이를 당신과 아이 아버지에게 데려다주겠습니다."

* * *

"안녕하세요." 다음 날 아침, 아침 식사가 준비되었을 때 폴리가 문 앞에서 짓궂은 해맑은 얼굴을 들이밀며 소리쳤다. "어젯밤에 데리러 온 줄 알았는데?"

"왔었어, 폴리. 하지만 오늘 하루 네가 여기에서 지내고 저녁에 집으로 데려가게 해달라고 내가 부탁했어."

"이럴 수가!" 폴리가 말했다. "아저씨 정말 너무해요."

하지만 폴리도 그 제안에 수긍하는 듯 "그래도 아저씨한테 뽀뽀해 줄게요"라고 덧붙였다. 뽀뽀를 주고받은 후 둘은 아침 식사 자리에 앉아 활기차게 대화를 이어 나갔다.

"당연히 나를 재미있게 해줄 거죠?" 폴리가 말했다.

"물론이지." 바박스 브라더스가 말했다.

한껏 기대에 부푼 폴리는 어쩔 수 없다는 듯 손에 들고 있던 토스트를 내려놓고 작고 통통한 무릎을 꼬고는 사무적인 태도로 작고 통통한 오른손을 왼손 위에 '탁'하고 올려놓았다. 마음을 가다듬고 나서 이제 미소와 보조개를 장착한 폴리가 다정하게 다독이는 어조로 물었다. "이제 우리 뭐해요, 멋진 아저씨?"

"글쎄, 지금 생각 중인데," 바박스 브라더스가 말했다. "어, 혹시 말 좋아하니, 폴리?"

"조랑말은 좋아해요." 폴리가 대답했다. "특히 꼬랑지가 긴 조랑말. 하지만 말은…시…시러요. 너무 커요."

"음." 바박스 브라더스는 사안의 중대성에 걸맞은 진지하고 비밀스러운 어조로 계속 말했다. "폴리, 어제 벽에 걸린 사진에서 조랑말 두 마리를 봤다. 꼬랑지는 길고, 온몸이 얼룩덜룩한데…."

"아니, 아니, 그게 아니에요!" 폴리가 아이의 마음을 사로

잡은 조랑말의 세부 사항에 더 오래 집중하고 싶은 황홀한 욕구에 푹 빠져 소리쳤다. "온몸에 얼룩이 없어요!"

"온몸에 얼룩이 있는데, 조랑말이 굴렁쇠를 뛰어넘어⋯."

"아니, 아니, 그게 아니에요!" 폴리가 조금 전과 마찬가지로 소리를 질렀다. "조랑말은 굴렁쇠를 뛰어넘지 않아요!"

"아니, 조랑말들도 그렇게 해. 오, 내가 장담하는데, 조랑말들도 그렇게 한단다. 그리고 피나포어[1]를 입고 파이를 먹어⋯."

"피나포어를 입고 파이를 먹는 조랑말이라니!" 폴리가 말했다. "아저씨 허풍쟁이죠, 그렇죠?"

"진짜야. 총도 쏠 수 있어."

(폴리는 조랑말이 총기를 사용하는 것에 대한 진의를 이해하지 못하는 듯했다).

"그래서 생각해 봤는데," 모범적인 바박스 브라더스가 말했다. "서커스 공연장에 가서 조랑말을 보면 우리가 체력을 향상하는 데 도움이 될 거야."

1　가슴바대를 어깨끈으로 연결한 점퍼스커트. 앞치마와 유사하며 러플과 주름을 넣기도 하는데, 더러워지는 것을 막기 위해 덧입으며 주로 어린 소녀들과 여성이 많이 입는다.

"그게 우리를 즐겁게 해요?" 폴리가 물었다. "더 쉬운 단어를 쓸 수 없어요?"

바박스는 자신의 역량이 미치지 못한 것에 미안한 마음을 느끼며 이렇게 대답했다. "바로 우리를 즐겁게 한다는 의미야. 정확히 그런 뜻이야. 조랑말 말고도 아주 놀라운 게 많아. 우린 그 모든 걸 볼 거야. 스팽글 드레스를 입은 신사 숙녀도 보고, 코끼리와 사자와 호랑이까지."

폴리는 찻주전자로 시선을 옮겼다. 마음이 약간 불안한지 코를 찡그렸다. "물론, 그것들은 절대 밖으로 나오지 않을 거고요." 아이가 자명한 이치를 언급하듯 말했다.

"코끼리, 사자, 호랑이 말이냐? 이런, 당연하지!"

"이런, 당연하지!" 폴리가 말했다. "그리고 아무도 조랑말이 누군가를 쏘는 것을 무서워하지도 않고요."

"전혀."

"전혀!" 폴리가 말했다.

"또 생각 중이다." 바박스가 계속 말했다. "장난감 가게에 들러 인형을 고르면 어떨까 하고…."

"옷 안 입은 거!" 폴리가 손뼉을 치며 외쳤다. "절대, 절대로 옷 안 입은 인형은 싫어요!"

"완전히 차려입은 인형이지. 집도 사고 거기에 필요한 모든 살림살이도….

폴리가 낮게 비명을 질렀고, 더없는 기쁨에 까무러칠 듯이 소리쳤다. "아저씨 정말 멋져요!" 아이가 의자에 등을 기댄 채 만족스럽게 말했다. "이리 와서 나를 안아주지 않으면 내가 아저씨를 안아줄 거예요!"

이 눈부신 계획은 최대한 엄격한 규칙에 따라 실행되었다. 이 계획의 첫 번째 목표로 인형을 구매하는 것은 무엇보다 중요했기에—안 그랬다간 조랑말을 놓칠 테니까—장난감 가게 탐험이 가장 우선되었다. 마법처럼 경이로움이 가득한 상점에서 계산대 위에 가지런히 놓인 스무 개가 넘는 인형을 앞에 두고 자기 몸집만 한 커다란 인형을 양팔에 하나씩 안고 있는 폴리는 실제로는 행복과 어울리지 않는 우유부단한 광경을 연출했지만, 이내 먹구름은 지나갔다. 가장 많이 선택하고, 가장 많이 거부당하고, 가장 마지막에 사랑받는 특정 인형의 표본은 체르케스인[1] 혈통으로 눈에 띄는 대담한 아름다움을

---

1 북캅카스와 흑해 연안 지역에 사는 원주민을 가리키는데, 1817년부터 1864년 사이 러시아제국이 북캅카스 지역을 정복한 후 소수민족으로 남아 있다.

지녔지만, 작고 섬세한 입술과도 조화를 이루었고, 하늘색 비단 펠리스[2]를 장밋빛 새틴 바지와 검정 벨벳 모자에 맞춰 착용했는데, 저기 북쪽 해안에서 온 이 낯선 이방인은 고인이 된 켄트 공작부인의 초상화에서 착안한 것으로 보였다. 이 기품 있는 외국인이 햇볕이 잘 드는 밝고 따뜻한 곳에서 가지고 온 이름은 (폴리의 주장에 따르면) 미스 멜루카였고, 바박스의 돈으로 들여온 멜루카가 입은 가정부 복장이 본질에서 고가라는 것은 은제 티스푼이 주방 부지깽이만큼 크고 시계의 비율이 프라이팬의 비율을 넘어선 두 가지 사실로 짐작할 수 있다. 미스 멜루카는 친절하게도 전적으로 서커스를 승인해 주었고, 폴리도 마찬가지였다. 조랑말은 온몸이 얼룩투성이였고, 그들이 총을 쏘면 아무도 쓰러지지 않았고, 야생동물의 포악함은 그저 연기(smoke)에 불과했다—실제로 짐승들의 몸에서 나온 다량의 내용물도 마찬가지였다. 이런 즐거움을 경험하는 동안 바박스가 보여준 전반적인 주제에 대한 몰입도는 다시 한번 진풍경을 연출했고, 저녁 식사 자리에서도 가히 가관이었다. 그는 폴리 반대편 의자에 꽉 묶어 놓은 (등이 구

---

2   안에 털을 댄 여성용 외투, 긴 겉옷.

부러지지 않는 아름다운 체르케스인 혈통의) 미스 멜루카를 위해 건배했고, 심지어 이 탁월한 발상을 정중하게 실행하는 데 웨이터가 도움을 주도록 유도했다. 하루의 마지막, 아주 기분 좋게 미스 멜루카와 그녀의 모든 의상 및 값비싼 소지품들을 폴리와 함께 마차에 태워 집으로 데려갔다. 하지만 그 무렵 폴리는 더는 깨어 있는 눈으로 차곡차곡 쌓인 기쁨의 존재들을 바라볼 수 없게 되었고, 아이의 의식은 어린아이의 잠이라는 놀라운 낙원 속으로 물러났다. "자, 폴리, 자거라." 아이의 머리가 자신의 어깨에 내려앉자 바박스 브라더스가 말했다. "어쨌든, 이 침대에서는 쉽게 떨어지지 않을 거야!"

그가 주머니에서 바스락거리는 쪽지를 하나 꺼내 폴리의 드레스 가슴 앞쪽에 조심스럽게 접어 넣은 사실은 언급하지 않겠다. 그는 그것에 대해 아무 말도 하지 않았고, 또 그것에 대해 아무 말도 하지 않을 것이다. 그들은 창의력이 넘치는 대도시의 소박한 교외를 향해 달렸고, 작은 집 앞마당에 멈췄다. "아이를 깨우지 마세요." 바박스 브라더스가 마부에게 부드럽게 말했다. "이대로 안고 들어갈 겁니다."

폴리의 어머니가 붙잡고 있는 열린 문 사이로 불빛이 나타났고, 폴리를 안은 바박스는 아이 어머니와 아이와 함께 1층 방으로 들어갔다. 거기에는 소파에 몸을 뻗고 몹시도 앙상한 손으로 두 눈을 가린 환자가 누워 있었다.

"트레셤." 바박스가 친절한 목소리로 말했다. "잠든 폴리를 데려왔네. 내 손을 잡고, 이제 나아졌다고 말해주게."

병든 자가 오른손을 앞으로 내밀었고, 그 손을 잡은 손 위로 고개를 숙이고 입을 맞추었다. "고맙습니다, 고맙습니다! 저는 건강하고 행복합니다."

"훌륭해." 바박스가 말했다. "트레셤, 자네 옆에 자리 좀 만들어 주겠나?"

바박스 브라더스가 소파에 앉아 자신의 어깨 위에 얹힌 복숭아처럼 부드럽고 둥근 뺨을 소중히 어루만지며 말했다.

"트레셤, 문득 이런 생각이 들었어. (난 이제 나이가 들었고, 자네도 알다시피, 나이가 들면 가끔 엉뚱한 생각을 하기도 하지) 나는 폴리를 아무에게도 넘겨주고 싶지 않아, 자네 말고는. 내게서 아이를 데려가겠나?"

아버지가 아이를 향해 두 팔을 내밀었고, 두 사람은 서로를 똑바로 바라보았다.

"이 아이가 자네에게 누구보다 소중한가, 트레셤?"

"말로는 다 표현할 수 없을 정도로."

"이 아이에게 축복이 있기를! 어려운 일은 아니야, 폴리."
바박스 브라더스가 아이의 평화로운 얼굴로 시선을 옮기며
계속 말했다. "네 아버지처럼 눈이 멀고 죄 많은 사람이 어린
아이와 같이 자신보다 훨씬 순수하고 건강한 사람에게 축복
을 비는 것은 어렵지 않아. 하지만 그가 너무 사악한 나머지
저주를 부른다면, 그의 잔인한 생각과 죄 많은 영혼에 대단
히 무거운 짐이 될 거야. 차라리 목에 맷돌을 걸고 강물에 몸
을 던지는 편이 나아. 내 사랑스러운 아이야, 오래오래 잘 살
아라." 그가 아이에게 입을 맞추었다. "그리고 잘 자라서, 때
가 되면 아버지의 얼굴을 바라보는 천사들처럼 다른 아이들
의 어머니가 되어라!"

바박스 브라더스는 아이에게 다시 입을 맞추고 아이를 부
모에게 조심스럽게 안겨주고 떠났다.

하지만 그는 웨일스로 가지 않았다. 절대, 웨일스로 가지
않았다. 그는 곧장 마을을 한 바퀴 더 거닐며 일하는 사람들,
노는 사람들, 여기저기 사방팔방에 있는 사람들을 잠깐씩 살
펴보았다. 이제 그는 바박스 브라더스 앤 컴퍼니의 대표가 되
어 수천 명의 동업자를 이 외로운 회사로 데려왔으니까.

마침내 호텔 방으로 돌아온 그는 벽난로 위 선반에 올려

놓은 뜨거운 음료 한 잔으로 몸을 녹이며 불 앞에 서 있었다. 그때 마을의 시계가 울리는 소리가 들렸고, 방안의 시계를 살펴보니 저녁이 훌쩍 지나 어느새 자정을 가리켰다. 시계를 다시 올려놓으려다가 벽난로 위 선반에 놓인 거울에 비친 자신의 눈과 마주쳤다.

"잠깐, 벌써 생일인가?" 그가 웃으며 말했다. "자네 아주 좋아 보여. 오래오래 행복하길 빌어."

바박스 브라더스는 한 번도 자기 자신에게 그런 소원을 빌어본 적이 없었다. "맹세코!" 그는 발견했다. "생일에 도망치는 일은 없어! 피비에게 이야기할 거리가 생겼군. 게다가, 여기 그녀에게 들려줄 이야기가 꽤 긴데, 실은 아무런 사연도 없던 길에서 그냥 툭 튀어나온 이야기야. 여행은 여기에서 멈추고 돌아가야겠어. 이제 곧 내 친구 램프의 Up X를 타고 돌아갈 거야."

바박스 브라더스는 머그비 교차로로 돌아갔고, 실제로 머그비 교차로에 자리를 잡았다. 그곳은 피비의 삶을 밝게 해준 살기 좋은 곳이었다. 베아트리체가 피비에게 음악을 가르칠 수 있으니 살기에 편리한 곳이었다. 이따금 폴리를 만날 수 있으니 살기에 편리한 곳이었다. 온갖 좋은 장소와 사람들과 마음대로 어울릴 수 있는 편리한 곳이었다. 그래서 그는 그곳에 정착했고, 그의 집은 높은 지대에 있었다. 그리고 폴리가 (무례하지 않게) 말했듯이 결론적으로는 그를 주목할 만하다.

언덕 위에는 나이 든 바박스가 살고 있었다.

그리고 그가 떠나지 않았다면, 그는 여전히 그곳에 산다.

본선

—

머그비 소년

나는 머그비 소년이다. 그게 바로 나다.

무슨 말인지 모른다고? 하, 이를 어쩌나! 하지만 알고 있을 텐데. 틀림없이 알고 있어야 한다고 생각해. 나는 머그비 교차로의 소위 더 리프레시먼트 룸(Refreshement Room)[1]이라고 불리는 철도역 간이식당에서 일하는 소년인데, 가장 내세울 만한 것은 아직 여기에서 생기를 되찾은 사람이 없다는 것이다.

---

[1] 간편식과 음료 등을 제공하는 공간으로 당시 철도역에 마련된 간이식당을 부르던 이름이다. 이 소설 원문을 보면 'The'를 분명하게 앞에 붙여 이 식당의 이름으로 사용한 것을 알 수 있다.

머그비 교차로에 있는 다운 리프레시먼트 룸(Down Refreshment Room)의 한쪽 구석에는, 스물일곱 개의 옆바람이 쉴 새 없이 불어오고 (나는 그 바람들이 내 머리카락을 스치며 스물일곱 가지의 최고급 스타일로 만들어 줄 때 종종 그 수를 세어 보았다), 병 뒤쪽 유리잔들 사이 북서쪽으로는 맥주병이 경계를 이루고 있고, 똑같은 기본 재료로 구성된 내용물이 마지막에 '텅'하고 울리는 소리에 따라 때로는 찻주전자였다가 때로는 수프 그릇이 되기도 하는 금속 물체의 오른쪽에서는 꽤 멀리 떨어져 있고, 계산대 위에 놓인 만든 지 오래된 컵케이크 장벽에 막혀 여행객들의 눈을 피할 수 있고, 마지막으로 우리 여사님의 따가운 시선에서 측면으로 노출된 위치가 있다. 다음번에 머그비 교차로에 서둘러 내리게 되면 바로 이 위치에 있는 남자아이한테 음료를 부탁하면 된다. 하지만 주의할 것이 있다. 그 소년은 당신의 말을 듣지 않는 듯하고, 당신의 머리와 몸으로 이루어진 투명한 매개물을 통해 노선[1]을 살피느라 정신이 딴 데 팔린 듯 보일 테고, 당신의 인내심이 바닥날 때까지 최대한 당신에게 서빙하지 않으려

---

[1] 손님이나 손님의 성향 등을 노선에 비유했다.

할 것이다. 그 소년이 바로 나다.

진짜 최고다! 머그비에서 우리는 모범 업소다. 다른 리프레시먼트 룸에서도 자신들의 일 못 하는 젊은 아가씨들을 어김없이 우리 여사님에게 보내 제대로 참교육을 받게 한다. 일부 젊은 아가씨들은 처음 이 일에 뛰어들 때 온화하게 시작한다. 아아! 우리 여사님은 곧 그 싹을 싹둑 잘라버린다. 아니, 나도 원래 처음 들어올 때는 온순했다. 하지만 우리 여사님이 금방 나의 온순함을 제거해 버렸다.

정말 웃긴다! 나는 우리 리프레시먼트 룸 식구들이 여기 이 철도역에서 유일하게 독립적인 입지를 확보하고 있다고 생각한다. 예를 들어 스미스 서점에서 일하는 페이퍼—그가 허락한다면 나의 존경하는 친구인 페이퍼—는 리프레시먼트 룸 게임에 전혀 동참하지 않는다. 그것은 그가 증기압이 최고조에 달한 기관차에 뛰어올라 특별 우편마차의 운행 속도로 혼자 주행하는 것과 같은 이치다. 그가 나처럼 손님을 푸대접한다면, 아마도 열차의 1등 칸, 2등 칸, 3등 칸 할 것 없이 모든 객실에서 머리를 얻어맞을 것이다. 짐꾼, 경비원, 매표소 직원, 비서, 교통 관리자나 회장 등 직책에 상관없이 모두 마찬가지다. 그들 중 우리처럼 자랑스럽게 독립적인 지위를 확보한 곳은 없다. 그들 중 누구 하나라도 당신의 요구에 당신의 머리와 몸으로 이루어진 투명한 매개체를 통해 노선을 살피는 것을 본 적이 있는가? 당연히 없겠지.

머그비 교차로에 있는 밴돌리닝 룸[1]은 꼭 한 번 봐야 한다. 보통은 약간 열린 계산대 뒤쪽의 문을 통과하면 나오는데, 이곳이 바로 여사님과 젊은 아가씨들이 머리를 손질하는 방이다. 당신은 그들이 여기에서 열차 운행 시간 사이사이에 마치 전투에 나갈 준비를 하듯 심혈을 기울여 머리에 기름을 바르는 모습을 볼 수 있을 것이다. 당신이 전보를 받으면, 마치 쿡[2]과 휘트스톤[3]이 발명한 전기 기계 작동 과정의 일부인 듯, 자동으로 직원들이 모두 코를 찡그리며 경멸하는 모습을 볼 수 있을 것이다. 당신은 우리 여사님이 "굶주린 사자가 온다!"라고 말하는 것을 듣게 될 것이고, 그러고 나면 그들이 우왕좌왕

---

1 Bandoline은 포마드의 일종인 끈적끈적한 머릿기름으로 19세기에 유행한 모발용 제품의 일종이다. 머리카락을 제자리에 고정하고 윤기 있어 보이게 하는 데 사용했다. 여기에서 Badolining Room은 머릿기름으로 머리를 손질하는 방이라는 뜻인데, 작가가 창작한 용어로 보인다.

2 William Fothergill Cooke.

3 Charles Wheatstone.

왔다 갔다 하며 노선을 가로질러 팔짝팔짝 뛰어다니는 모습을 보게 될 것이다. 또한 만든 지 오래된 페이스트리를 접시에 툭 던지고, 톱밥 씹는 식감의 샌드위치를 유리 덮개 밑에 아무렇게나 탁 집어넣고, 당신의 원기 회복을 위해 (그럴 리가!) 셰리주를 꺼내는 모습을 (그저 웃지요) 보게 될 것이다.

원기 회복을 위한 가벼운 식사와 음료 제공이 이토록 효과적이고 건전하며 사회 구조에 깊이 뿌리 내려 대중을 통제하는 수단으로 자리매김한 곳은 용감한 자들의 섬이자 자유로운 이들의 땅(물론 브리타니아[4]를 말하는 것이지만)에서만 존재한다. 여기 한 외국인이 있었다. 그는 모자를 벗고 정중하게 우리의 젊은 숙녀들과 여사님에게 '어 리틀 글로스 호프 프런디[5]'를 요청했다. 그들이 그 외국인을 통해 노선을 살핀 뒤에도 아무런 반응을 보이지 않자 그는 자기 나라에서 하던 대로 알아서 가져다 먹으려고 했고, 결국 화가 머리끝까지 치민 우리 여사님이 머릿기름으로 잔뜩 힘을 준 머리카락이 흐트러질 정도로 맹렬하고도 이글거리는 눈빛으로 그에게

---

4 영국을 가리키는 예스러운 용어다.

5 a little glass of brandy: 브랜디 작은 잔으로 한 잔.

달려가 손에서 디캔터를 채가며 소리를 꽥 질렀다. "그거 내려놔요! 내가 절대 용납 못 해!" 그 외국인은 얼굴이 새하얗게 질려서는 기가 막힌 듯 두 팔을 앞으로 내밀며 뒤로 물러섰다. 그가 두 손을 꽉 쥐고 어깨를 들썩이며 큰 소리로 말했다. "아! 이게 말이 돼! 철도 당국이 여행객들에게 앙심을 품게 하는 것도 모자라 여행객들을 모욕하라고 이 무례한 여성들과 고약한 노파를 여기에서 일하게 하는 건가? 세상에! 어떻게 이런 일이? 이 모든 책임은 영국인들에게 있는 건가, 아니면 내가 단순히 아랫것이거나 바보인가?" 또 한 번은 쾌활하고 정신이 말똥말똥한 한 미국 신사가 그 '톱밥'을 한 입 깨물었다가 뱉어내고, 셰리주를 한 모금 들이켰다가 뱉어내고, 버터스카치[1]로 어떻게든 원기를 회복하려다가 오히려 아가씨들의 이목만 더 끌고 세심하게 노선을 관찰당했다. 그때 종소리가 울렸고, 그가 우리 여사님에게 계산하면서 기분 좋게 큰 소리로 떠들었다. "저기 말입니다, 부인. 자꾸 웃음이 나오는군요. 거참, 웃음이 나와 죽을 지경입니다. 그게 말입니다, 나는 저 머나먼 대서양 반대편에서 온 사람으로 그동안

---

1 버터, 설탕, 물을 끓여 만든 딱딱한 사탕.

참 많은 것을 보았습니다. 예루살렘과 동방, 유럽의 구세계인 프랑스와 이탈리아를 거쳐 이제 유럽의 중심 도시로 향하고 있습니다. 하, 당신이나 당신 직원인 젊은 아가씨들과 당신네 가 제공하는 고체와 액체로 된 식사는 내가 지금껏 단 한 번 도 본 적 없는 경이로움 그 자체입니다. 사람들이 대체로 정 신이 온전하게 박힌 나라에서, 앞서 언급한 대로, 당신과 그 모든 고체 및 액체로 된 식사를 경험하고도 군주제 창조의 여 덟 번째 불가사의[2]를 발견하지 못한다면, 아마 너무 분하고 억울해서 제명에 못 죽을 겁니다! 그러니 내가 웃음이 안 나 고 배깁니까? 아, 웃겨 죽겠네!" 그는 자기 열차 칸으로 돌아 가는 내내 연신 웃음을 터뜨리며 발을 구르고 몸을 흔들었다.

　나는 우리 여사님이 외국인들에 맞서 프랑스 여행을 고려 하게 되었고, 개구리를 먹는 사람들 사이에서 널리 추종하는 리프레시먼팅[3]과 용감한 자들의 섬이자 자유로운 사람들의

2　공화정 국가인 미국에서 온 여행객임을 고려할 때, 천지창조의 the Cre-
　ation을 빗대 왕이 군림하는 영국을 monarchical Creation이라고 표현했
　고, 8th wonders of monarchical Creation은 세계 7대 불가사의를 빗대
　이 식당이 군주제 창조의 여덟 번째 불가사의라고 한 것.

3　작가가 만든 용어로 보이며, 식음료 제공 및 그것을 향유하는 방식의 의미
　로 쓰인 듯하다.

땅(또는 간단히 브리타니아)에서 성공을 거둔 리프레시먼팅을 비교하게 되었다고 생각한다. 우리의 젊은 숙녀들인 휘프 양, 피프 양, 스니프 부인은 만장일치로 우리 여사님이 가는 것에 반대했다. 그들이 입을 모아 우리 여사님에게 한결같이 말했듯이, 영국 말고 비즈니스를 논할 나라는 어디에도 없다는 것은 이 세상 사람이면 누구나 아는 자명한 이치니까. 당신이라면 이미 증명된 사실을 입증한답시고 자기 자신을 괴롭힐 텐가? 하지만 우리 여사님은 (원래 사서 고생하는 사람인지라) 완강하게 고집을 부렸고, 그렇게 해야 직성이 풀린다면 마르세유까지 직행하겠다며 사우스 이스턴 타이달[1] 왕복 탑승권을 구매했다.

스니프는 스니프 부인의 남편인데, 세상 평범하고 별 볼 일 없는 남자다. 그는 뒷방에서 '톱밥'을 관리하는 일을 맡고 있으며 때로는 직원이 부족할 때 계산대 뒤에서 코르크 마개 따는 일을 도와준다. 하지만 딱 손이 모자랄 때뿐이다. 그 사람이 고객한테 좀 굽신거려야 말이지. 스니프 부인은 왜 그렇

---

[1] 잉글랜드 남동부에서 운행하는 철도 회사인 사우스 이스턴 철도를 이용할 수 있는 왕복 티켓.

게까지 눈을 낮춰 그런 남자와 결혼했는지 당최 모르겠다. 물론, 스니프야 그 이유를 알겠지만. 나는 다만 그가 이 결혼을 후회하지 않기를 바랄 뿐이다. 지금 그의 삶은 말도 못 하게 비참하니까. 스니프 부인은 남들이 보는 앞에서도 가혹하리만치 그를 함부로 대한다. 휘프 양과 피프 양도 마찬가지다. 그가 코르크 마개 따개와 함께 출입이 허용되면 그들 역시 스니프 부인과 똑같이 그를 대한다. 고압적인 말투를 쓰며 어깨로 툭 밀치질 않나, 그가 손님들에게 뭐든 가져다주려고 하면 그의 손에서 잽싸게 털어내질 않나, 또 그가 손님들 질문에 굽실거리며 천한 근성을 드러낼라치면 그를 홱 잡아당겨 끌어내곤 했다. 그들은 그에게 그가 종일 '톱밥'에 바르는 겨자소스보다 (그렇게 맵지는 않았지만) 더 많은 눈물을 흘리게 했다. 한 번은 스니프가 역겹게 우유병을 아기한테 넘겨준답시고 손을 쭉 뻗으려고 하자 우리 여사님이 순식간에 그의 어깨를 붙잡고 몸을 홱 돌려세워서는 그 즉시 밴돌리닝 룸으로 보내버리는 것을 본 적도 있다.

하지만 스니프 부인, 그녀는 그야말로 하늘과 땅만큼 다르다! 그녀가 바로 이 사람이다! 당신은 그녀를 금방 알아차릴 것이다. 당신이 그녀를 보면 그녀는 항상 당신과 다른 쪽 방향을 보는 사람이다. 그녀는 버클로 가는 허리를 단단히 고정하고 손목에는 레이스로 장식한 소매 끝동을 달고 있는데, 손님들이 입에 거품을 물기 시작하면 계산대 끄트머리에 그것을 올려놓고 가만히 서서 곧게 편다. 손님들이 입에 거품을 물 때 소매 끝동을 반듯하게 펴며 물끄러미 딴 곳을 바라보는 행동은 젊은 아가씨들이 교육받으러 머그비에 오면 가장 마지막으로 우리 여사님에게 배우는 기술이다. 그 기술은 항상 여사님이 전수한다.

우리 여사님이 여행을 떠났을 때 스니프 부인이 책임자가 되었다. 그녀는 대중을 가장 아름답게 통제했다! 내가 오늘 이때까지 머그비에서 일하며 차에 우유를 넣어 달라는 손님의 절반이 우유가 들어가지 않는 차를 받거나, 반대로 우유를 빼달라고 요청한 손님의 절반이 우유가 들어간 차를 받는 경우는 거의 본 적이 없다. 손님들이 화를 내면 스니프 부인은 이렇게 말했다. "그건 당신들끼리 합의하고, 서로 바꿔요." 진짜 끝내주게 재미있다. 나는 어느 때보다 리프레시먼팅 비즈니스를 즐거워했고, 한 살이라도 어릴 때 이 일을 시작한 것에 큰 기쁨을 느꼈다.

우리 여사님이 돌아왔다. 젊은 아가씨들 사이에서 소문이

퍼져나갔는데, 밴돌리닝 룸의 열린 틈새를 통해 내 귀에 전해진 것은—그 사실이 미치도록 경멸스러운 나머지 폭로라는 이름으로 그럴듯하게 불릴 수 있다면—무언가 충격적인 사실을 폭로한다는 소문이었다. 직원들 사이에서 동요가 일기 시작했다. 등자에 발을 올린 듯 흥분이 가득했다. 기대감이 한껏 부풀어 올랐다. 마침내 일주일 중 가장 한가한 저녁이고 열차 간격이 가장 여유 있는 시간에 우리 여사님이 밴돌리닝 룸에서 외국의 리프레시먼팅에 관한 견해를 제공할지도 모른다는 이야기가 돌았다.

방은 목적에 맞게 보기 좋게 정리되었다. 밴돌리닝 테이블과 거울은 구석에 숨겼고, 우리 여사님이 앉을 팔걸이의자는 포장용 상자 위에 높이 올려놓았으며, 테이블과 물이 담긴 텀블러가 (그 안에 셰리주 없음, 이렇게 고마울 수가!) 그 옆에 놓였다. 바야흐로 계절은 접시꽃과 달리아가 만발한 가을이었으므로 두 명의 제자가 그 꽃들로 세 개의 문양을 만들어 벽을 장식했다. 하나는 "앨비언[1]이 절대 배우지 않기를", 다른 하나는 "대중을 통제하라", 또 다른 하나는 "우리의 리프

---

1 영국이나 잉글랜드를 가리키는 옛 이름.

레시먼팅 헌장"으로 읽힐 수 있었다. 전체적으로 전달하고자 하는 메시지와도 꽤 잘 어울리는 아름다운 장식이었다.

이 치명적인 플랫폼에 오를 때 여사님의 얼굴에는 딱 '엄중함'이라고 쓰여 있었다. (뭐, 딱히 새로운 건 아니지만). 휘프 양과 피프 양이 그녀 발치에 앉았다. 평소 사람들이 대합실에서 보던 의자 세 개가 그녀 앞에 놓였고, 학생들이 그 자리를 차지했다. 그 뒤로 아주 자세히 보면 한 소년이 눈에 들어올지도 모르는데, 그게 바로 나다.

"스니프는 어디 있지?" 우리 여사님이 침울한 표정으로 주위를 둘러보며 물었다.

"저는 그를 들여보내지 않는 게 낫다고 생각했어요. 정말 멍청한 인간이거든요." 스니프 부인이 대답했다.

"말해 뭐해." 우리 여사님이 맞장구쳤다. "하지만 그런 이유에서라도 그의 정신머리를 고쳐놓는 게 바람직하지 않을까?"

"오! 그 무엇으로도 그 인간을 고칠 수 없을 거예요." 스니프 부인이 말했다.

"그렇긴 해도," 우리 여사님이 말했다. "그를 불러와, 이지키얼."

내가 그를 불러왔다. 저급한 남자가 나타나자 그가 코르크 마개 따개를 가지고 왔다는 이유로 사방에서 비난이 쏟아졌다. 그는 "습관의 힘"이라고 호소했다.

"힘!" 스니프 부인이 말했다. "제발 그 '힘' 얘긴 꺼내지도 마. 거기! 거기 그 벽에 등이나 붙이고 가만히 서 있어."

그는 그저 실없이 웃기만 하는 인간이다. 기회만 있으면 손님들에게도 미소를 흘린다. 세상 그렇게 비천할 수가 (이보다 더 그의 비천함을 표현할 수 있는 말도 없다) 없다. 그러니까 그가 딱 그런 미소를 입에 걸고 마치 입대를 앞두고 자기 키를 재러 올 사람이라도 기다리는 듯 문 근처 벽에 뒷머리를 바짝 붙이고 똑바로 서 있었다.

"자, 이제 내가 막 시작하려는 역겨운 폭로에 관해 한마디 하지." 우리 여사님이 운을 뗐다. "만약 그 폭로가 여러분들이 입헌 국가에서 휘두르는 권력을 행사하는 데 더욱 흔들림이 없도록 하는 것을 바라지 않고, 바로 내 앞에 보이는 저 합헌적인 좌우명에 더 충실하기를 바라지 않는다면, 나는 차라리 꺼내놓지 않을 거야." 사실, 좌우명은 여사님 뒤에 있었지만, 귀에 더 잘 들렸다. "앨비언이 절대 배우지 않기를!"

여기에서 좌우명을 만든 학생들이 감탄하며 외쳤다. "들어라! 들어라! 들어라!" 스니프도 이들의 복창에 참여하려는 의

향은 보였지만, 얼굴이 잔뜩 찌푸려져 있었다.

"프랑스인들의 알랑거리는 리프레시먼팅에서 보여준 비열함은," 우리 여사님이 이어서 말했다. "우리 모두 익히 들어본 그 악명 높은 보나파르트[1]의 비열함을 능가할 정도는 아니지만, 가히 맞먹는 수준이었어."

휘프 양, 피프 양, 그리고 내가 숨을 길게 극적으로 들이마시고 말했다. "우리도 그럴 줄 알았어요!"

휘프 양과 피프 양은 내가 그들과 함께 내는 무거운 숨소리를 못마땅하게 여기는 눈치였다. 나는 그들을 더 화나게 하려고 한 번 더 숨을 크게 들이마셨다.

"내가 그 위험천만한 해안에 발로 서 있던 게[2] 불과 얼마 전이었다고 말하면 믿을까?" 우리 여사님의 눈빛이 번득였다.

여기 갑자기 화가 치밀었든, 엉겁결에 생각이 입 밖으로 나왔든, 낮은 목소리로 중얼거리는 스니프가 있다. "두 발. 복수형이지요, 알겠지만."

그에게 쏠린 모든 시선이 그를 경멸했을 때 퍼뜩 겁을 집

---

1 나폴레옹.

2 set one's foot이라고 한 말을 스니프가 set one's feet으로 문법을 수정해 준다.

어먹고 움츠러든 그의 모습은, 그가 멸시받고 있었다는 사실에 더해 설설 기는 하찮은 남자에게는 충분한 처벌임을 알게 했다. 여자들의 멸시로 더욱 무거워진 고요한 정적을 여사님이 갈랐다.

"내가 그 위험천만한 해안에 도착했을 때가," 여사님이 이렇게 고쳐 말하고 스니프를 죽일 듯한 눈빛으로 바라보며 "불과 얼마 전이었을 뿐만 아니라 저 위험한 해안에서 내가 리프레시먼트 룸으로 안내받았을 때, 절대 과장이 아니고, 실제로 먹으려면 먹을 수 있는 것들이 있었다고 말하면 믿을까?"라고 말했다.

여자들의 입에서 불평하는 소리가 터져 나왔다. 나는 그 불평에 동참했을 뿐만 아니라 그 소리를 더 길게 끌었다.

"거기에," 우리 여사님이 덧붙였다. "먹으려면 먹을 수 있는 것뿐만 아니라 마시려면 마실 수 있는 것도 있었다고 한다면?"

소곤거림은 거의 비명에 가까워졌다. 피프 양이 치를 떨며 외쳤다. "뭐였나요?"

"내가 이름을 대도록 하지." 우리 여사님이 말했다. "뜨겁거나 차가운 구운 닭고기가 있었고, 프라이팬에는 노르스름하게 튀긴 감자에 둘러싸인 훈제 송아지 고기가 있었고, 쓴맛

이 전혀 없고 밀가루가 들어가지 않은 뜨거운 수프가 있었고, 젤리로 장식한 다양한 차가운 요리가 있었고, 샐러드가 있었는데, 잘 들어, 갓 구운 페이스트리였어, 게다가 바삭한 식감이었고, 달콤한 과일이 진열되어 있었지. 좋은 품질의 포도주로 채워진 포도주병과 디캔터가 모든 주머니에 들어갈 수 있는 다양한 크기로 갖춰져 있었어. 브랜디도 마찬가지였지. 누구나 직접 선택할 수 있도록 계산대에 진열했더군."

여사님의 입술이 너무 바르르 떨려서 스니프 부인이, 비록 자기 몸도 만만치 않게 떨렸지만, 자리에서 일어나 여사님에게 텀블러를 건네주었다.

"이것이 내가 처음으로 헌법을 위반한 경험이었어." 여사님이 말했다. "그것이 내 마지막이자 최악의 경험이었다면 얼마나 좋을까? 하지만 그게 끝이 아니었어. 그 속박당한 무지한 땅으로 더 깊이 들어갈수록 그 양상은 더욱더 끔찍해졌어. 영국식 리프레시먼트 샌드위치의 재료와 형태에 관해서는 더 설명할 필요가 없을 거야?"

모두가 웃었다. 단 한 사람, 벽에 기대 극도의 허탈감에 고개를 절레절레 흔드는, 샌드위치를 자르는 남자 스니프 단 한 사람만 빼고.

"자!" 여사님이 콧구멍을 벌렁거리며 말했다. "가장 하얗고 질 좋은 밀가루로 만든 바삭하고 길쭉한 페니 로프[1]를 집어. 가운데를 세로로 길게 잘라. 그사이에 완벽하게 들어맞는 햄 조각을 끼워 넣어. 깔끔한 리본으로 샌드위치 중앙을 단단히 감싸서 함께 고정해. 그리고 손으로 잡을 수 있도록 샌드위치 한쪽 끝에 깨끗한 흰색 종이를 추가해. 이제 그 유명한 프렌치 리프레시먼트 샌드위치가 역겨워하는 여러분들의 눈을 망쳐 놓을 거야."

스니프를 제외한 모든 사람이 "부끄러운 줄 알아!"라고 외쳤고, 그는 배고픔을 달래듯 배를 살살 문질렀다.

"내가 이 자리에서 영국식 리프레시먼트의 일반적인 구성과 배치에 관해 설명할 필요는 없을 거야." 우리 여사님이 말했다.

네, 물론이에요. 웃음소리. 스니프는 다시 벽에 기대 의기소침하게 고개를 저었다.

"글쎄," 우리 여사님이 말했다. "모든 일반적인 장식, (때로는 우아한) 벽걸이, 안락한 벨벳 가구, 그 공간을 가득 채

---

1 1266년 Assize of Bread Act에서 규정한 잉글랜드의 일반적인 '빵 덩어리의 크기'를 지칭함.

운 작은 테이블과 좌석, 바쁘게 움직이는 활기찬 웨이터들, 뛰어난 편의성, 여행객들에게 초점을 맞추고 '짐승[1]'에게 노력할 가치가 있다는 확신을 심어주는 구석구석에 스며든 청결함과 세련미에 대해서는 뭐라고 말할까?"

모든 여성이 경멸하는 분노를 표출했다. 스니프 부인은 자신을 붙잡아줄 누군가가 필요해 보일 정도로 몸이 흔들렸지만, 다른 사람들은 그렇게 해줄 생각이 없어 보였다.

"세 번," 점점 완전한 '엄진지[2]' 상태로 빠져든 우리 여사님이 외쳤다. "무려 세 번이나 해안과 파리 사이에서 이런 부끄러운 광경을 목격했어. 아즈브루크, 아라스, 아미앵에서. 다른 건 세지도 않았어. 하지만 더 나쁜 게 남았어. 예를 들어, 우리의 모델인 머그비 교차로에 예쁜 바구니를 비축해 두고, 각 바구니에 1인용으로 갖가지 점심과 디저트를 담아 정해진 액수로 가격을 책정하고, 승객은 원하면 바구니를 가져가 열차의 객실 안에서 여유롭게 먹도록 하며, 승객이 음식을 다

---

1 열차를 의미한다.

2 원문의 'terrimenjious'는 표준 영어가 아니며 작가가 특정 어조를 강조하기 위해 만든 합성어로 보인다. 의미가 명확하지는 않지만 'terrifying'과 'momentous', 'tremendous'와 'serious'의 조합으로 해석할 수 있다.

먹지 못한 경우 여행하다가 50~100마일 멀리 떨어진 다른 역에 바구니를 반납할 수 있도록 해야 한다는 의견을 누군가가 영국에서 제안한다면 여러분은 그를 뭐라고 부를 텐가?"

그런 사람을 뭐라고 불러야 하는지에 대해서는 의견이 갈렸다. 혁명가, 무신론자, 브라이트[3](내가 그 사람을 언급했다) 또는 비영어권. 피프 양이 마지막으로 꽥 소리를 지르며 말했다. "악질 미치광이!"

"그걸로 하지." 우리 여사님이 계속 말했다. "나는 피프 양의 정당한 분노에 따라 그렇게 낙인을 찍겠어. 악질 미치광이. 그렇다면, 그 악질 미치광이는 프랑스의 선량한 토양에서 생겨났으며, 그의 악질 광기가 내 여정의 일부 구간에서 통제되지 않은 사실을 알아두도록."

나는 스니프가 손을 비비고 있고 스니프 부인이 그를 주시하고 있다는 것을 알아차렸다. 하지만 젊은 숙녀들은 모두 흥분한 상태였고, 나 역시 울부짖음으로 계속 그 열광적인 분위기를 이어가야 한다고 느꼈기에 더는 특별한 주의를 기울이

---

3 John Bright: 자유무역, 선거 개혁, 종교의 자유를 지지한 것으로 유명한 영국의 급진 자유주의 정치인.

지 않았다.

"파리 남쪽에서 겪은 경험에 대해서는," 우리의 여사님이 엄숙한 어조로 말했다. "난 설명하지 않을 생각이야. 너무 혐오스러웠거든! 하지만 이걸 상상해 봐. 전속력으로 달리는 열차 안에서 열차 승무원이 여러분에게 다가와 몇 명이 저녁 식사를 하고 싶어 하는지 물어보는 장면을 상상해 보라고. 그가 전보를 쳐서 주방에 식사 인원을 알려줘. 모두가 기대에 부풀어 오르고, 테이블이 전체 인원을 위해 우아하게 차려진 모습을 머릿속에 그려봐. 매혹적인 공간에서 즐기는 매혹적인 저녁 식사, 그리고 모든 요리의 품질에 세심한 주의를 기울이며 깔끔한 흰색 재킷과 모자를 쓰고 요리의 모든 과정을 감독하는 수석 요리사를 상상해 봐. 600마일을 쉬지 않고 고속으로 시간을 엄수하며 달리는 것도 모자라 이처럼 호화로운 것들을 기대할 수 있도록 가르침을 받는 짐승을 상상해 봐!"

'짐승(Beast)!'의 힘찬 합창이 울려 퍼졌다.

스니프가 한 번 더 배를 문지르며 한쪽 다리를 끌어당기는 모습을 관찰했지만, 계속 분위기를 띄우는 것이 내가 할 일이라고 생각했기 때문에 나는 더는 별다른 관심을 기울이지 않았다. 게다가 진짜 재미있었다.

"모든 것을 종합해 보면," 우리 여사님이 외쳤다. "프랑스의 리프레시먼팅은 이 꼴이 되고 말았어. 오, 결과가 아주 훌륭해! 첫째, 먹으려면 먹을 수 있는 것, 그리고 마시려면 마실 수 있는 것."

젊은 아가씨들의 불평하는 소리가 내 옆에서 들려왔다.

"둘째, 편의성, 그리고 심지어 우아함까지."

젊은 아가씨들의 불평하는 소리가 또 한 번 내 옆에서 터져 나왔다.

"셋째, 적정 가격."

이번에는 젊은 아가씨들을 따라 내가 불평하는 소리를 냈다.

"그리고 여기 넷째…." 우리 여사님이 덧붙였다. "나는 여러분의 분노에 찬 공감을 구하노라. 관심, 기본적인 예의, 심지어 공손함마저도."

나와 젊은 아가씨들이 다 같이 거듭 분노를 표출했다.

우리 여사님이 가장 악의적인 코웃음을 치며 말했다. "결론적으로 나는 그들이 머그비 교차로에서 우리의 헌법적 방식과 고귀한 독립을 단 한 달도 용납하지 못하는 것은 물론이고, 우리를 보자마자, 아니 그들이 우리를 두 번 찾을 만큼 뛰어난 안목을 지녔다고는 생각하지 않으니 아마도 그보다 더 빨리, 우리의 정책을 뜯어고치고, 그 자리를 다른 체제로 대체하리라 확신하는 것보다 (내가 말한 내용에 근거해) 여러분들에게 그 비루한 국가를 더 생생하게 묘사할 방법은 없을 거야."

점점 더 어수선해지던 소동이 갑자기 멈췄다. 그리고 특유의 비굴한 근성에 사로잡힌 스니프가 흥에 겨워 다리를 더 높이 끌어당겼고, 급기야는 머리 위로 코르크 마개 따개를 흔드는 모습이 포착되었다. 전설의 오벨리스크처럼 그를 주시하던 스니프 부인이 자신의 희생 제물을 향해 내려온 순간이 바로 그때였다. 우리 여사님이 두 사람을 따라갔고, '톱밥'실에서는 비명이 들렸다.

당신이 교차로의 다운 리프레시먼트 룸에 와서 나를 모르는 척하면 내가 오른쪽 엄지손가락으로 어깨 너머에 있는 우리 여사님과 휘프 양, 그리고 피프 양과 스니프 부인을 가리키겠다. 하지만 스니프는 그날 밤 사라졌기 때문에 다시 볼 기회가 없다. 그가 죽었는지, 갈가리 물어 뜯겼는지는 나도 잘 모른다. 다만 그의 코르크 마개 따개만 그의 비굴한 근성을 보여주는 증거처럼 남았다.

1번 지선

|

시그널맨

"이봐! 거기 밑에!"

그가 이렇게 부르는 목소리를 들었을 때, 그는 짧은 막대기에 감긴 깃발을 손에 들고 자신의 신호소 문 앞에 서 있었다. 땅의 특성상 누군가는 그 목소리가 어느 구역에서 들려오는지 모를 리 없다고 생각했을 수도 있다. 하지만 그는 내가 서 있던 그의 머리 위 가파른 절개지 꼭대기를 올려다보는 대신 몸을 돌리고 선로를 내려다보았다. 도저히 뭐라고 말로는 표현할 수 없었지만, 그의 행동에는 분명 눈에 띄는 무언가가 있었다. 하지만, 비록 그의 형체는 깊숙한 구렁에서 작아진 데다 그림자에 가려져 있었고 내 모습은 그보다 더 높은 위치에서 그를 조금이라도 볼 수 있을 때까지 붉게 타들어 가는 석양빛에 시린 눈을 두 손으로 가리고 있었지만, 나는 그의 모습이 내 눈을 사로잡을 만큼 특이했다는 것만은 알고 있다.

"이봐! 거기 밑에!"

선로를 내려다보던 그가 돌아섰고, 눈을 들어 그 위에 서 있는 나를 쳐다보았다.

"당신과 얘기하고 싶은데 밑으로 내려가는 길이 있습니까?"

그는 대답하지 않고 나를 올려다보았고, 나는 괜히 쓸데없는 질문을 해서 그를 다그치지 않으려고 가만히 내려다보았다. 그 순간 발바닥과 주변에서 희미한 진동이 느껴지는가 싶더니 순식간에 사방이 요동치기 시작했고, 나를 집어삼킬 듯 거칠게 돌진하는 세찬 움직임에 나는 뒷걸음질을 치고 말았다. 이 놀랍도록 빠른 열차에서 내 키 높이까지 솟아오르던 증기 기둥이 내 앞을 지나 풍경 위로 미끄러지듯 스치고 지나갔을 때 다시 아래를 내려다보니 기차가 질주하는 동안 그가 펼쳐 보여주던 깃발을 다시 깔끔하게 접는 모습이 보였다.

내가 다시 물었다. 그가 잠시 나에게 시선을 고정하고 유심히 쳐다보더니 말아 올린 깃발을 들고 내 눈높이에서 약 200~300야드 떨어진 지점을 가리켰다. 나는 그에게 "알았습니다!"라고 대답하고 그 지점을 향해 걸음을 옮겼다. 그 지점에서 주위를 살펴보다가 거칠게 깎인 구불구불한 내리막길을 발견했다. 나는 그 길을 따라 아래로 내려갔다.

이 절개지는 깎아 세운 듯 경사가 매우 가파르고 그 깊이도 엄청났다. 길을 따라 내려갈수록 돌이 질퍽해져 길바닥이 축축했다. 이런 이유로 발걸음이 그만큼 더딜 수밖에 없었는데, 그 덕에 조금 전 신호수가 나에게 길을 알려줄 때 그에게서 풍기던 특이한 머뭇거림과 강박을 떠올릴 시간을 얻었다.

내가 그를 만나러 이 울퉁불퉁한 길을 따라 바닥까지 내려갔을 때, 그는 마치 내가 나타나기를 기다렸다는 듯이 막 기차가 지나간 철로의 레일 사이에 서 있었다. 그는 왼손으로 턱을 괸 채 오른팔을 가슴에 대고 오른손으로 왼쪽 팔꿈치를 받치고 있었다. 기대감과 경계심이 동시에 느껴지는 그의 태도가 나를 잠깐 멈춰 세우고 놀라게 했다.

나는 다시 아래로 내려가 철로 위를 걸어 그에게 가까이

다가갔고, 그제야 그가 짙은 수염과 다소 숱이 많은 눈썹을 가진 어둡고 병색이 엿보이는 약간 누런 안색의 남자라는 사실을 알았다. 그가 서 있는 자리는 내가 본 가장 고독하고 음침한 곳이었다. 양쪽 모두 물방울이 뚝뚝 떨어지는 울퉁불퉁한 돌벽은 좁고 기다란 하늘을 제외한 모든 시야를 가려놓았다. 한 쪽 방향에서 시야에 들어오는 것은 '지하 감옥'의 비뚤어진 연장선뿐이었고, 다른 쪽 방향에서는 시야가 더 짧아져 음울한 빨간 불빛과 어두운 터널의 더 음울한 입구로 끝이 났다. 터널의 거대한 구조는 잔혹하고 억압적인 느낌을 주었을 뿐만 아니라 으스스한 분위기마저 자아냈다. 그 지점까지 햇빛이 거의 들지 않은 탓인지 지독한 흙냄새가 진동했고, 그 사이로 몰아치는 바람은 뼛속까지 얼어붙을 정도로 차가웠다. 뭐랄까, 이미 자연계를 벗어난 듯한 오싹한 기분이 들었다.

나는 손을 뻗어 그를 만질 수 있을 정도로 그에게 충분히 가까이 다가가 있었다. 그가 몸을 움직였지만, 그 순간에도 그는 나에게서 시선을 떼지 않았고, 한 걸음 뒤로 물러나 손을 들어 올릴 뿐이었다.

내가 말했듯 그곳은 인적이 드문 구역이었고, 저 위에서 내려다보았을 때 분명히 내 시선을 잡아끌었다. 방문객의 발길이 거의 닿지 않은 장소인데, 설마 내가 불청객은 아니겠지? 내가 보기에 그는 한평생을 좁은 테두리 안에 갇혀 살다가 마침내 해방감을 만끽한 후 이 거대한 구조물에 새롭게 눈을 뜬 남자로 보일 뿐이었다. 그 상황에 맞춰 내가 그에게 말을 건넸지만, 정확히 어떤 단어를 사용했는지는 확실하지 않다. 일반적으로 대화를 시작할 때 느끼는 심리적인 부담감 외에도 그 남자에게는 나를 불안하게 하는 구석이 있었기 때문이다.

그는 시선을 돌려 터널 입구 근처 적색등을 호기심이 가득한 눈빛으로 바라보았다. 마치 무언가를 찾는 듯 모든 각도에서 꼼꼼하게 살펴보고는 나에게 시선을 던졌다.

저 등이 그가 맡은 임무 중 하나일까?

그가 낮은 목소리로 대답했다. "그게 뭔지 몰라요?"

그의 흔들림 없는 눈빛과 어둡고 음울한 얼굴을 들여다보다가 내 머릿속에서 도저히 말도 안 되는 생각이 떠올랐다. 이 남자는 어쩌면 사람이 아니라 유령일지도 몰라. 그러다 문득 그의 정신 상태에 문제가 있는 것은 아닌지 궁금해졌다.

이번에는 내가 뒤로 물러났다. 그때 나는 그의 눈에서 나를 향한 잠재된 두려움을 감지했고, 그가 나를 두려워한다는 깨달음이 다행히 나의 말도 안 되는 생각을 단숨에 날려 버렸다.

"내가 두려운 존재인 듯 나를 바라보는군요." 내가 억지로 미소를 끌어당기며 말했다.

"당신을 본 적이 있는 듯해서요." 그가 대답했다.

"어디에서?"

남자는 자신이 바라보던 적색등을 가리켰다.

"저기?" 내가 물었다.

그가 나를 유심히 살펴보더니 (소리 없이) 대답했다. "네."

"이봐요, 내가 왜 거기에 있습니까? 아무튼, 나는 그곳에 간 적이 없으니 내 말을 믿어도 좋습니다."

"네, 듣고 보니 그렇군요." 그가 다시 말했다. "당신 말이 맞아요."

그의 태도 역시 나와 비슷하게 더 명확하고 편안해졌다. 그는 내 말에 기꺼이 신중하게 고른 단어를 사용해 대답했다. 신호소에서는 업무량이 많았을까? 그렇다. 다시 말해, 그에게는 짊어져야 할 막중한 책임이 있었다. 그가 자신이 하는 일은 실질적인 노동, 즉 육체노동보다는 주로 세심한 주의와 정확성이 요구되는 업무라고 설명했다. 신호를 바꾸고, 조명을 손질하고, 이따금 철제 손잡이를 돌리는 것이 해당 임무의 전부였다. 내가 큰 의미를 둔 무수히 많은 길고도 고독한 시간에 관해서는 자신의 일상이 그런 형태로 형성되었고, 이제는 익숙해졌다고만 언급했다. 그는 여기 밑에 있으면서 혼자 언어를 터득했다. 눈으로 인식하고 대충 발음할 정도라도 우리가 언어를 배운다고 말할 수 있다면 말이다. 또 분수와 소수도 공부했고, 대수학도 조금 건드려 보았지만, 어렸을 때나 지금이나 숫자에 서툴렀다. 근무 중에는 항상 그 어둡고 축축한 통로에 남아 있어야 할까? 그가 이 우뚝 솟은 돌담 사이를 벗어나 따스한 햇볕을 느낄 방법은 없을까? 그것은 때와 상황에 따라 다르다. 어떤 조건에서는 다른 경우보다 선로에 있는 시간이 조금 적었고, 낮과 밤의 특정 시간대에도 마찬가지로 차이가 났다. 날씨가 화창할 때는 조금 위로 올라가 지하 그늘에서 잠시 벗어날 수도 있었지만, 언제든 전기 벨로 호출받을 수 있는 상황이고 벨 소리를 들으면 마음이 더 불안해지기 때문에, 내 생각만큼 온전한 휴식을 즐길 수는 없었다고 했다.

그는 나를 자신이 머무는 신호소로 데려갔다. 그 안에는 난로가 있었고, 그가 특정 개별 항목을 작성하는 데 사용하는 공문서용 책상, 문자반[1]과 바늘이 달린 전신 기구, 그리고 그가 말한 작은 벨이 있었다. 그가 화를 내지 않으리라는 나의 믿음을 바탕으로 나는 감히 그가 좋은 교육을 받은 듯하고, 아마도 현재 직책이 요구하는 수준을 뛰어넘는 교육을 받은 것으로 보인다고 언급했다. 나의 이런 발언에 그는 그런 식으로 약간의 부조화가 발생하는 사례는 대규모 집단에서 심심찮게 발견되는데, 구빈원과 경찰, 심지어 절박한 사람들이 마지막으로 선택하는 군대에서조차 비슷한 이야기를 들었고, 정도의 차이는 있지만 주요 철도 직원들 사이에서도 간간이 일어나는 일이라고 말했다. 그는 젊은 시절 (나에게도 놀라운 일이었지만, 초소에 앉아 있는 그 자신도 믿기지 않는 눈치였는데) 자연철학을 공부하는 학생이었고, 강의도 들었다. 하지만 그는 길을 잃고 기회를 낭비했으며 추락한 후에는 다시 회복하지 못했다. 그는 이 상황에 대해 누구도 탓하지 않았다. 자신이 오롯이 내린 결정이니 그 결과를 감당해야만 했다.

---

1 컴퓨터, 타자기, 시계, 계량기 따위에서 글자나 숫자, 기호가 그려진 면.

내가 여기에 지금껏 압축한 모든 내용을, 그는 진지한 눈빛으로 나와 난롯불 사이를 오가며 차분한 어조로 말했다. 그는 때때로, 특히 자신의 젊은 시절을 이야기할 때 "선생님"이라는 호칭을 썼다. 마치 자신이 아무것도 아니라고 주장하는 것을 이해해 달라는 듯이 말이다. 그의 말은 작은 벨 소리에 여러 번 끊겼고, 그럴 때면 그는 메시지를 읽고 답장을 보내야 했다. 한 번은 문밖에 서서 기차가 지나가는 동안 깃발을 보여주고 기관사와 구두로 의사소통하기도 했다. 나는 그가 임무를 수행할 때 놀라우리만치 정확하고 빈틈이 없으며 말을 내뱉다 말고 갑자기 대화를 중단하더라도 임무가 끝날 때까지는 엄격하게 침묵을 지키는 모습을 관찰했다.

요컨대 나는 그가 한창 얘기 중에 두 번씩이나 얼굴이 하얗게 질려서는 중간에 말을 끊고, 벨이 울리지도 않는데 작은 벨 쪽으로 고개를 돌리고, (건강에 해로운 습기가 내부로 들어오는 것을 막기 위해 닫아 놓은) 신호소 문을 열고 터널 입구 근처 적색등을 유심히 바라보는 상황만 없었다면, 그 사람을 그 직책에 맡길 가장 안전한 사람으로 평가했을 것이다. 두 번 다 그는 우리가 절개지 위아래에 멀찌감치 떨어져 있을 때 내가 감지했던 바로 그 설명할 수 없는 불안감을 풍기며 불 앞으로 돌아왔다.

내가 자리에서 일어나며 말했다. "당신은 내가 진정으로 만족하는 남자를 만났다는 확신을 준 듯합니다."

(유감스럽지만 그에게서 대화를 끌어내려고 한 말임을 인정해야 한다).

"전에는 그랬을 겁니다." 그가 처음에 그랬듯 나직한 목소리로 다시 말을 시작했다. "하지만 저는 괴롭습니다, 선생님. 괴로워요."

그는 할 수만 있다면 방금 한 말을 되돌릴 수도 있었다. 하지만 어쨌든 그는 그 말을 내뱉었고, 나는 놓칠세라 그의 말을 받았다.

"뭣 때문에? 뭐가 괴롭습니까?"

"그걸 전달하기가 매우 어렵습니다, 선생님. 그걸 증명하기가 매우, 매우, 매우 어려워요. 나중에 저를 다시 방문하면 설명해 보도록 노력하겠습니다."

"그렇다면 한 번 더 방문할 용의가 있습니다. 언제쯤이 좋을까요?"

"저는 아침 일찍 퇴근해서 내일 밤 열 시에 복귀합니다."

"열한 시에 오겠습니다."

그가 내게 고맙다고 말하며 문밖으로 함께 나왔다. 그는 특유의 나직한 목소리로 "제가 선생님이 오르막길을 찾을 때까지 하얀 불빛을 비춰주겠습니다"라고 말했다. "길을 찾으면 부르지 마세요! 맨 위에 올라가서도 부르지 마세요!"

남자의 태도 때문에 불현듯 한기가 느껴지는 듯했지만, 나는 그저 "잘 알아들었습니다"라고만 대답했다.

"그리고 내일 밤에 내려올 때도 부르지 마세요! 마지막으로 질문 하나만 해도 될까요. 오늘 밤 '이봐! 거기 밑에!'라고 부른 이유가 뭔가요?"

"내가 어떻게 압니까." 내가 말했다. "뭐, 그런 식으로 부른 듯하긴 한데…."

"'그런 식으로'가 아닙니다, 선생님. 정확히 그렇게 불렀습니다. 제가 그 말을 아주 잘 알거든요."

"알았습니다. 그렇게 말했군요. 맞아요, 틀림없이 그렇게 말했어요. 당신이 저 밑에 있었으니까."

"다른 이유는 없었나요?"

"다른 이유가 뭐 있습니까!"

"그 말이 어떤 초자연적인 힘으로 전달되었다는 인상을 받지는 않았습니까?"

"전혁."

그는 나에게 안녕히 가라고 말하며 하얀 불빛을 들어 올렸다. 나는 길을 찾을 때까지 (기차가 뒤에서 오는 듯한 불쾌한 기분을 느끼며) 하행선 철로 옆을 걸었다. 내려가는 것보다 올라가기가 더 쉬웠고, 별다른 일 없이 숙소로 돌아갔다.

약속 시각에 맞춰 다음 날 밤 구불구불한 길의 첫 번째 홈에 한 발을 내디뎠을 때 멀리 있는 시계를 보니 열한 시를 가리켰다. 그는 환하게 켜진 백색광을 들고 저 아래 바닥에서 나를 기다리고 있었다. "이번에는 안 불렀습니다." 우리가 서로 가까이 다가섰을 때 내가 말했다. "이제 말해도 됩니까?"—"물론입니다, 선생님." "어서 오세요, 여기 제 손을 잡으세요." 그렇게 그의 초소까지 나란히 걸어온 우리는 안으로 들어가 문을 닫고 불 옆에 앉았다.

"저는 결심했습니다, 선생님." 우리가 앉자마자 그가 몸을 앞으로 숙이며 거의 속삭이듯 말했다. "저를 괴롭히는 것이 무엇인지 두 번 묻지 않아도 됩니다. 어제저녁에는 제가 선생님을 다른 사람으로 생각했습니다. 그 사실이 저를 괴롭힙니다."

"그 실수?"

"아니요, 그 사람."

"그게 누굽니까?"

"저도 모릅니다."

"나와 닮았습니까?"

"모르겠습니다. 얼굴을 본 적이 없어요. 왼팔로 얼굴을 가리고 오른팔을 흔들고 있었습니다. 아주 맹렬하게. 이렇게."

나는 그의 행동을 유심히 지켜보았다. 그가 미친 듯이 팔을 흔들었다. "젠장, 비켜!"

"어느 달이 유난히 밝은 밤이었습니다. 여기에 이렇게 앉아 있는데, '이봐! 거기 밑에!'라고 외치는 소리가 들렸습니다. 자리에서 일어나 저쪽을 바라보니 방금 보여줬듯이 터널 근처 적색등 옆에 누군가가 서서 손을 흔들고 있었습니다. 목이 터질 듯 비명을 지르느라 잔뜩 쉰 듯한 목소리로 '조심해! 조심해!'라고 하고는 다시 '이봐! 거기 밑에! 조심해!'라고 소리쳤습니다. 저는 램프를 집어 들고 빨간 불을 켜고는 그 형체를 향해 달려갔습니다. '무슨 일입니까? 무슨 일이에요? 어디예요?' 그 형체는 어두운 터널 바깥쪽에 서 있었습니다. 가까이 다가가 보니 소매로 눈을 가리고 있는 게 좀 이상했습니다. 그래시 바로 앞까지 달려가 손을 쭉 뻗고 소맷자락을 잡아당기려는데, 사라졌습니다."

"터널 안으로." 내가 말했다.

"아니요, 저는 터널 안으로 500야드를 뛰었습니다. 잠시 멈춰 서서 램프를 머리 위로 들어 올리고 터널 벽에 표시된 이동 거리를 확인했습니다. 그런데 물기를 머금은 마르지 않은 얼룩이 벽을 타고 아치를 통해 흘러내리는 게 보였습니다. 저는 다시 뛰어나갔습니다. (그 자리에 한 시도 있기 싫을 만큼 끔찍했기 때문에) 들어갈 때보다 훨씬 더 빠르게 줄달음질을 쳤습니다. 빨간 불빛을 비추며 사방을 둘러보고, 철제 사다리를 타고 그 꼭대기에 있는 플랫폼까지 올라갔다가 내려온 다음 다시 여기로 돌아왔습니다. 그러고는 양방향으로 전보를 보냈습니다. '경보 발령. 문제 있습니까?' 양방향에서 답신이 왔습니다. '이상 없음.'"

얼음장처럼 차가운 손가락이 내 등골을 따라 천천히 움직이는 듯한 오싹한 기분을 느끼며, 나는 그에게 그 형상이 어떻게 시각적 속임수에 불과한지 또한 섬세한 시신경에 생긴 질환으로 나타나는 그런 시각적 왜곡이 종종 환자들을 어떻게 괴롭혔는지 설명해 주었고, 그들 중 일부는 그 고통의 본질을 알아차리고 이를 확인하기 위해 자체 실험을 진행하기도 했다고 들려주었다. "상상 속의 외침에 관해서는," 내가 말했다. "자, 들어봐요. 특히 우리가 이렇게 나직이 말하는 동안 이 낯선 계곡의 바람 소리와 그것이 전신선에 실려 하프를 연주하는 듯한 소리를 내는 걸 말입니다."

"네, 잘 들었습니다." 한참을 듣고 난 후 그는 자신도 그곳에서 긴 겨울밤을 홀로 보내며 지켜보았기 때문에 바람과 전신선에 대해 한두 가지 정도는 안다고 대답했다. 하지만 그는 아직 말이 다 끝나지 않았다는 점을 언급하고 싶어 했다.

그가, 용서를 구하며, 천천히 내 팔에 손을 얹으며 말을 이어갔다.

"그 형상이 '등장'하고 여섯 시간 만에 이 철로에서 결코 잊을 수 없는 사고가 발생했고, 열 시간 만에 사망자와 부상자가 바로 그 형상이 서 있던 자리 위쪽 터널을 통해 옮겨졌습니다."

기분 나쁜 전율이 느껴졌지만, 최선을 다해 무시하려고 노력했다. 나는 이것이 그의 마음에 오래도록 남을 놀라운 우연이라는 사실은 부인할 수 없었다. 하지만 놀라운 우연은 끊임없이 발생하기에 이런 주제를 다룰 때 그것을 고려해야 한다고 말했다. 물론 (그가 나에게 반론을 제기할지도 모른다는 예상에서) 상식이 있는 사람들은 일상적인 여러 고려 사항에서 우연을 많이 허용하지 않았다는 점도 분명히 했다.

그는 다시 한번 아직 끝나지 않았다고 간청했다.

나는 다시 한번 그의 말을 끊어 미안하다고 용서를 구했다.

그가 다시 내 팔에 손을 얹고 겁에 질린 눈빛으로 어깨 너머를 힐끗 보며 말했다. "불과 1년 전의 일이었습니다. 6~7개월이 지나고 놀라움과 충격에서 회복한 어느 날 아침, 날이 밝을 무렵 저 문 앞에 서서 적색등을 바라보다가 다시 유령을 보았습니다." 그가 말을 멈추고 나를 뚫어지게 바라보았다.

"유령이 소리쳤습니까?"

"아니요, 조용했습니다."

"팔을 흔들었습니까?"

"아니요. 양손으로 얼굴을 가리고 적색 신호등 기둥에 기대 있었습니다. 이렇게."

다시 한번 나는 그의 행동을 유심히 관찰했다. 그것은 애도의 표현이었다. 나는 무덤의 석상에서 그런 자세를 본 적이 있다.

"유령한테 다가갔습니까?"

"저는 안으로 들어와 앉았습니다. 한편으로는 생각을 정리하려고, 한편으로는 기절할 듯해서. 잠시 시간이 흐른 뒤 다시 문으로 나가 보니 날이 밝았고, 더는 유령이 보이지 않았습니다."

"그 후 무슨 일이 있었습니까? 그 일로 무슨 일이 발생했습니까?"

그는 집게손가락으로 내 팔을 두세 번 두드리며 매번 섬뜩하게 고개를 끄덕였다.

"바로 그날 기차가 터널을 빠져나오는데, 제가 서 있던 방향 객차 창에서 손과 머리가 뒤섞이는 듯하더니 뭔가가 흔들렸습니다. 마침 제가 기관사에게 정지 신호를 보내기 좋은 때였습니다! 기관사가 급히 시동을 끄고 브레이크를 밟았지만, 기차는 이곳을 150야드 이상 지나갔습니다. 놀라서 기관차를 뒤쫓아 달려가는데, 제 귀에 끔찍한 비명과 울음소리가 들렸습니다. 열차의 한 객실에서 젊고 아름다운 아가씨가 즉사했고, 그녀의 시신이 옮겨졌고, 바로 우리 사이에 있는 이 바닥에 놓였습니다."

나는 무의식적으로 의자를 뒤로 밀치고 그가 가리키는 바닥을 직접 바라보았다.

"정말입니다. 사실이에요. 사실 그대로 말한 겁니다."

나는 할 말을 잃었다. 아무 말도 생각나지 않았고, 입이 바짝바짝 탔다. 애절하게 울부짖는 바람 소리와 으스스한 전신선 소리가 이야기를 대신 이어받았다.

그가 다시 입을 열었다. "자, 선생님, 잘 듣고 제 마음이 얼마나 괴로운지 판단해 주세요. 일주일 전에 유령이 돌아왔습니다. 그 후로 이따금 산발적으로 나타납니다."

"그 적색등에?"

"네, 그 위험 신호등에."

"뭘 하는 듯했습니까?"

그가 전보다 훨씬 열정적이고 격렬한 몸짓으로 "제발 길에서 비켜!"라는 간절한 호소를 반복했다.

그런 다음 그가 계속 말했다. "저는 그것 때문에 조금의 평안과 안식도 찾을 수 없습니다. 몇 분 동안 쉬지 않고 고통스럽게 '거기 밑에! 조심해! 조심하라고!'라고 외치며 저를 부르고 제게 손을 흔들며 그 자리에 서 있습니다. 제 작은 벨을 울립니다…."

나는 그 사실을 포착했다. "어제저녁에 내가 여기 왔을 때 벨이 울려서 문으로 갔습니까?"

"두 번."

"자, 당신의 상상력이 어떻게 당신을 오도하는지 봐요."
내가 말했다. "내 시선은 벨에 고정되어 있었고, 내 귀도 벨
소리에 귀를 기울이고 있었습니다. 내가 착각하지 않았다면,
그 당시에는 벨이 울리지 않았습니다. 아니, 당신과 소통하
는 철도역이 자연스러운 물리적 과정을 통해 벨을 울린 경우
를 제외하면 다른 어떤 시각에도 벨은 울리지 않았습니다."

그가 고개를 저었다. "저는 지금까지 그 부분에 대해 실수
한 적이 없습니다, 선생님. 유령이 울리는 벨 소리와 사람이
울리는 벨 소리를 혼동한 적이 없어요. 유령이 울리는 벨 소
리는 다른 어떤 것으로도 설명할 수 없는 독특한 진동을 만들
어 냅니다. 선생님이 그 소리를 들을 수 있다고 생각하지는
않지만, 저는 확실히 들었습니다."

"밖을 내다보았을 때 유령이 거기 있는 듯했습니까?"

"거기 있었습니다."

"두 번 다?"

그가 단호하게 반복했다. "두 번 다."

"지금 나와 함께 문으로 가서 찾아볼까요?"

남자는 다소 꺼려지는 듯 아랫입술을 깨물었지만, 자리에

서 일어났다. 나는 문을 열고 발판에 올라섰고, 그가 문가에 섰다. 위험을 알리는 적색등이 있었고, 음침한 터널 입구가 있었고, 절개지의 높다랗고 축축한 돌벽이 있었다. 그리고 그 위로는 별들이 총총 박혀 있었다.

"보입니까?" 내가 그의 얼굴을 자세히 관찰하며 물었다. 그의 눈은 툭 튀어나오고 긴장한 듯 보였지만, 내가 같은 방향을 진지하게 응시했을 때와 크게 다르지 않았다.

"아니요." 그가 대답했다. "거기 없습니다."

"나도 그렇습니다." 내가 말했다.

우리는 다시 안으로 들어가 문을 닫고 자리에 앉았다. 나는 이 유리한 국면을 어떻게 더 좋은 쪽으로 바꾸는 것이 최선일지 생각하고 있었는데, 그가 조금 전과 다르지 않은 태도로 대화를 재개하자, 실제 우리 사이에 사실관계를 둘러싼 심각한 이견이 없으리라는 가정 아래, 내 입장에 설득력이 없어졌다는 사실을 깨달았다.

"이쯤 되면 선생님도 충분히 이해할 겁니다." 그가 말했다. "지금 저를 엄청나게 괴롭히는 질문은, 유령의 의미입니다."

나는 상황을 완전히 이해했는지 확신할 수 없다고 대답했다.

"유령의 경고는 무엇일까요?" 그가 불에 시선을 고정한 채 이따금 나를 돌아보며 생각에 잠겨 말했다. "어떤 위험을 예고하는 걸까요? 어디가 위험할까요? 선로 어딘가에 위험이 도사립니다. 끔찍한 재앙이 일어날 겁니다. 이전에 발생한 사고를 고려하면 이번에도 의심의 여지가 없습니다. 이것이 저를 끔찍하게 괴롭힙니다. 하지만 제가 뭘 어쩌겠습니까!"

그는 손수건을 꺼내 화끈거리는 이마에 맺힌 땀방울을 닦아냈다.

"제가 한 방향이든 양방향이든 전보로 '위험' 메시지를 보낸다고 해도 그 이유를 설명할 수 없습니다." 그가 손바닥을 닦으며 계속 말을 이어갔다. "저는 곤경에 처할 테고 좋을 게 하나도 없습니다. 그들은 제가 미쳤다고 생각할 겁니다. 늘 이런 식입니다―메시지: '위험! 조심하세요!' 대답: '무슨 위험? 어디?' 메시지: '잘 모르겠습니다. 하지만 제발 조심해요!' 그들은 나를 쫓아낼 겁니다. 그것 말고 그들이 뭘 할 수 있을까요?"

심적 고통에 괴로워하는 그의 모습을 보고 있자니 참으로 딱했다. 사람들의 생명과 관련해 이해할 수 없는 책임감에 엄청난 중압감을 느끼는 양심적인 사람에게는 고문과도 같은 정신적인 고통이었다.

그가 이마 위로 흘러내린 검은 머리카락을 쓸어 넘기며 극도의 불안감에 휩싸인 채 관자놀이를 문질렀다. "유령이 위험 신호등 아래 처음 나타났을 때 그 사고가 운명적으로 일어날 사고였다면, 어디에서 일어날지 왜 알려주지 않았을까요? 행여 막을 수 있었다면 왜 사고를 피할 방법을 알려주지 않았을까요? 두 번째 나타나서도 얼굴을 숨길 게 아니라 왜 '그녀는 죽을 거야. 집에 있으라고 해'라는 메시지를 전달하지 않았을까요? 두 차례에 걸쳐 나타난 목적이 오직 그 경고가 사실임을 알려주고 세 번째 사고에 대비하기 위한 것이었다면 왜 지금이라도 명확한 경고를 하지 않는 걸까요? 오, 주여, 저를 구원하소서! 이 외딴 역의 하찮은 신호수일 뿐인 제가 어떻게 해야 할까요? 이 상황을 수습할 신뢰와 권한을 가진 자를 찾아가야 하지 않을까요?"

극심한 고통과 정신적 괴로움에 빠진 그를 보며 나는 가련한 사람을 위해, 또 공공의 안전을 위해서라도 당시 내가 해야 할 일은 그의 마음을 진정시키는 것뿐이라고 생각했다. 그래서 우리 사이에 놓인 현실과 비현실에 관한 모든 의문은 제쳐두고, 나는 그에게 자신의 의무를 충실히 이행하는 것만으로도 옳은 일을 하는 것이며, 비록 그가 이 혼란스러운 '유령의 출현'을 다 이해하지는 못했더라도 최소한 자신의 의무가 무엇인지 이해한 것을 위안으로 삼으라고 강조했다. 그를 위로하려는 나의 노력은 초자연적인 현상을 둘러싼 그의 신념을 설득하려는 시도보다 훨씬 더 성공적이었다. 밤이 깊어져갈수록 신호수로서 자신이 맡은 임무에 더 많은 주의가 요구되기 시작하면서 그는 점차 평정심을 되찾았고, 결국 나는 새벽 두 시가 되어서야 초소에서 물러났다. 내가 밤새 머물겠다고 제안했지만, 그는 단호하게 나의 제안을 거절했다.

길을 올라가며 몇 번이나 그 적색등을 뒤돌아보았고, 그 빨간 불빛이 몸서리치게 싫었고, 그 불빛 아래 내 침대가 있었다면 나는 제대로 잠을 청하지 못했을 것이라고 생각한 사실 모두 숨길 필요는 없으리라. 마찬가지로 잇따라 일어난 열차 사고와 젊은 여성의 죽음에서 내가 느낀 불쾌한 감정 역시 숨길 필요가 없다.

하지만 이 사실을 알게 된 이상 내 머릿속에서 가장 먼저 떠오른 생각은 어떻게 대응할 것인가였다. 나는 그 남자가 똑똑하고, 조심성이 있고, 부지런하고, 정확하다는 것을 확인했다. 하지만 그가 현재의 정신 상태에서 얼마나 오래 그런

자질을 유지할 수 있을까? 비록 직급은 낮지만, 그가 맡은 책임은 막중했다. 그 사람이 흔들림 없이 정확하게 임무를 수행할 가능성만을 염두에 둔 채 내 목숨을 기꺼이 위험에 빠뜨릴 수 있을까?

나는 그 신호수의 상사에게 그가 털어놓은 이야기를 알려야 할지 말아야 할지 모를 심정이었지만, 그런 행동이 배신행위가 될 수도 있다는 결론을 내리고 그에게 중간 과정을 제안하기로 했다. 결국 나는 함께 (그렇지 않을 경우 당분간은 비밀을 유지하기로 하고) 이 문제에 관해 가장 잘 아는 의사를 찾아가 전문적인 의견을 구할 것을 그에게 제시했다. 그는 다음 날 밤 근무 시간이 변경되어 일출 후 휴식을 취하고 일몰 직후 복귀한다고 알려주었고, 나는 그 시각에 돌아오기로 약속했다.

다음 날 저녁은 날씨가 무척 좋았다. 그래서 나는 기분 좋은 날씨를 만끽하기 위해 일찍 산책길에 오르기로 했다. 가파른 절개지에 인접한 들길을 따라 가로질러 가보니 해가 아직 완전히 넘어가기도 전이었다. 나는 혼잣말로 여기에서 30분 더 걸어간 다음 30분 더 걸려 되돌아오면 신호수의 야간 근무 시각에 딱 맞춰 도착할 수 있다고 중얼거리고 한 시간 더 산책하기로 마음먹었다.

여유 있게 발걸음을 옮기기 전에, 나는 무심결에 길 가장자리로 다가가 아래를 내려다보았다. 내가 처음 신호수를 발견한 바로 그 지점이었다. 내 눈에 터널 입구 근처에서 한 남자가 한쪽 소매로 눈을 가리고 다른 쪽 팔을 맹렬하게 흔드는 모습이 보였다. 순간 형언할 수 없는 전율이 온몸을 훑고 지나갔다.

순식간에 나를 덮친 정체불명의 공포는 내가 본 그 형상이 살과 피를 가진 '사람'이라는 사실을 인지하고 나서야 비로소 사라졌다. 그 근처에는 한 무리의 남자들이 멀찌감치 서서 지난번 신호수가 보여준 것과 똑같은 동작을 반복하는 한 남자를 지켜보고 있었다. 위험 신호등에는 아직 불이 켜지지 않았고, 신호등 기둥에 기대 놓은 나무 지지대와 방수포로 만든 작고 낮은 생소한 막사가 눈에 들어왔다. 한눈에 보아도 침대보다 작은 크기였다.

직감적으로 무언가 잘못되었다는 억누를 수 없는 감정 때문에―내가 그 신호수를 혼자 두고 와서, 누군가를 보내 그의 행동을 지켜보거나 문제를 바로잡도록 조처하지 않아서, 재앙을 초래했을지도 모른다는 갑작스러운 자책감에 뒤덮인 두려움 때문에—최대한 빨리 그 울퉁불퉁한 길을 내려갔다.

"무슨 일입니까?" 내가 남자들에게 물었다.

"신호수 한 명이 오늘 아침에 죽었습니다."

"저 신호소 안에 있던 사람인가요?"

"네, 맞습니다."

"내가 아는 사람입니까?"

"그를 안다면 알아볼 수 있을 겁니다." 남자들을 대신해 한 남자가 대답하고 나서 엄숙하게 모자를 벗고 방수포의 한 귀퉁이를 들어 올렸다. "그의 얼굴이 평온하네요."

"오! 어떻게 이런 일이! 어떻게 이런 일이 일어난 겁니까?" 임시 막사가 다시 닫히자 이쪽저쪽을 돌아보며 내가 물었다.

"열차에 치여 사망했습니다, 선생님. 영국에서 그가 맡은 일을 가장 잘 이해하는 사람은 없었습니다. 하지만 어떻게 된 영문인지 바깥쪽 레일에서 제때 비켜나지 못했습니다. 해가 딱 중천에 떠 있었습니다. 그는 신호등을 작동시킨 후 손에 램프를 들고 있었습니다. 그런데 기관차가 터널에서 나오는 동안 등지고 있다가 그만 치이고 말았습니다. 그 기관차를 몰았던 기관사가 어떻게 그런 일이 벌어졌는지 설명해 주고 있었습니다. 톰, 이 신사분에게도 들려줘."

거친 질감의 어두운색 옷을 입은 남자는 터널 입구에서 원래 자신이 서 있던 자리로 돌아갔다.

"터널의 커브를 도는데, 그 끝에 서 있는 그의 모습이 마치 망원경으로 보듯 뚜렷이 보였습니다." 그가 사고 상황을 회상하며 말했다. "속도를 늦출 시간도 없었고, 그가 평소 조심성이 많은 것을 알고 있었습니다. 그런데 그가 호루라기 소리에 주의를 기울이지 않는 듯해서 우리가 그와 가까워졌을 때 호루라기를 내려놓고 목이 터져라 외쳤습니다."

"뭐라고 했습니까?"

"거기 밑에! 조심해! 조심하라고! 제발 길에서 비켜!"

나는 소스라치게 놀랐다.

"아! 정말 끔찍한 순간이었습니다, 선생님. 저는 계속 소리를 질렀습니다. 일부러 안 보려고 이쪽 팔로는 눈을 가리고 이쪽 팔은 마지막까지 필사적으로 흔들었습니다. 하지만, 소용없었습니다."

이 이야기를 마무리하며 나는 기이한 사건 중 어느 하나를 자세히 설명하기 위해 더 서술하지 않고, 열차 기관사의 경고에 불운한 신호수가 자신에게 계속 떠오른다고 나에게 되풀이해 말한 단어뿐만 아니라 그가 흉내 낸 동작—그가 아닌—

에 내가 직접 덧붙인 내 뇌리에서 떠나지 않은 단어가 포함되어 있었다는 놀라운 우연의 일치에 주목하고 싶다.

2번 지선

—

기관사

"전부 다 합쳐서 말입니까? 그게, 1841년 이후로 일곱 명의 남자와 남자아이를 죽였습니다. 그 세월을 통틀어 많은 건 아니지요."

그는 역의 벽에 기대 진지한 말투로 이토록 놀라운 말을 내뱉었다. 땅딸막한 체격에 불그스름한 얼굴, 석탄처럼 까만 눈동자에 흰자위는 흰색이라기보다 갈색 기가 도는 노란색이었고, 마치 수술이라도 한 듯 흉터와 깊은 주름이 선명했다. 누가 봐도 바람과 비바람을 고스란히 맞으며 고생한 눈이었다. 그는 길이가 짧은 피코트와 지저분한 흰색 캔버스 바지를 입고 머리에는 납작한 검은 모자를 쓰고 있었다. 그 남자의 얼굴에서 경솔한 기미는 전혀 찾아볼 수 없었고, 표정은 진지하다 못해 거의 우울해 보였다. 전반적으로 그의 태도에서 풍기는 분위기는 그가 진지하고 신뢰할 만하며 책임감 있는 사람이라는 느낌이었다.

"네, 저는 기관차 기관사로 25년 일했는데, 그 기간에 일곱 명의 남자와 남자아이가 사망했을 뿐입니다. 저만큼 사고를 잘 피한 동료도 많지 않습니다. 그건 바로 꾸준함 때문이지요. 선생님, 꾸준함, 그리고 눈을 항상 뜨고 있는 것, 그게 다예요. 일곱 명의 남자와 남자아이란 제 동료, 즉 화부, 짐꾼 등을 말합니다. 승객은 없습니다."

어떻게 열차 기관사가 되었습니까?

그가 대답했다. "아버지는 소규모 수레바퀴제조업자였습니다. 우리는 리즈와 셀비 사이를 달리는 철도 옆 작은 오두막집에서 살았습니다. 그 철도는 영국에서 리버풀과 맨체스터에 이어 두 번째로 깔렸는데, 허스키슨 씨가 사망한 곳이기도 합니다. 기차가 지나가면 우리 어린아이들은 달려가 기차를 보며 만세를 부르곤 했습니다. 기관사가 핸들을 돌리며 기차를 움직이는 모습을 보고 저는 기관사가 되어 저렇게 멋진 기계를 조종하면 끝내주겠다고 생각했습니다. 철도가 없던 시절에는 우편 마차 마부가 제가 아는 가장 중요한 사람이었습니다. 저는 마차 마부가 되고 싶다고 생각했습니다. 우리 오두막집에는 빨간 코트를 입은 조지 3세의 초상화가 걸려 있었습니다. 그 바람에 항상 빨간 코트를 입고 있던 우편 마차 마부와 헷갈렸습니다. 하지만 왕에게는 없는 테두리가 넓고 납작한 모자를 쓰고 있어서 구별할 수 있었습니다. 제 생각에 왕은 우편 마차 마부보다 더 대단한 사람이 될 수 없었습니다. 저는 항상 책임 있는 자리에 앉고 싶다는 공상을 해왔습니다. 리즈에 갔을 때는 오케스트라를 지휘하는 남자를 보고 오케스트라 지휘자가 되고 싶다고 생각했습니다. 집으로 돌아와 지휘봉을 들고 오케스트라를 지휘하며 들판을 돌아다녔습니다. 물론 실제 오케스트라는 없었지만 있는 척을 했습니다. 또 한 번은 공연장 밖 무대에서 채찍을 든 채 확성기에 대고 뭐라고 말하는 남자가 제 눈에 들어와서 그 남자가 되고 싶다는 생각이 들기도 했습니다. 하지만 기차가 오자 기관사는 그 모든 직업을 무색하게 했고, 그 길로 저는 기관사가 되기로 했습니다. 얼마 지나지 않아, 비록 어린 나이였지만, 저는 스스로 생계를 위해 뭐든 해야만 했습니다. 아버지가 비를 피하기 위해 나무 밑에 서 있다가 천둥과 벼락을 맞고 갑자기 돌아가신 후 어머니는 우리 가족 모두를 혼자 부양할 수 없었습니다. 아버지의 장례를 치른 다음 날 저는 역으로 가서 열차 기관사가 되고 싶다고 말했습니다. 역장은 껄껄 웃으며 제가 일을 시작하기엔 너무 이르고, 아직은 너무 작다고 하더군요. 그는 저에게 1페니를 쥐여주며 10년 후에 더 자라면 다시 오라고 충고했습니다. 그 당시에는 위험에 대해 전혀 생각하지 않았습니다. 열차 기관사가 될 수 없다면 증기 기관과 관련한 무언가를 하기로 결심했습니다. 다른 일자리를 찾을 수 없어서 험버 증기선[1]에 승선한 저는 화부를 위해 석탄 부수는 일을 했습니다. 그렇게 시작했습니다. 그 후로 저는 화부로 일했습니다. 처음에는 배를 탔고, 그다음에는 기관차를 탔습니다. 그렇게 2년을 일하고 난 뒤에 우리 오두막집 옆을 지나가는 바로 그 노선의 기관사가 되었습니다. 제가 운전하던 첫날 어머니와 형제자매들이 저를 보러 나왔습니다. 저도 그들을 지켜보았고, 그들도 저를 지켜보았습니다. 가족들이 손을 흔들며 만세를 불렀고, 저도 손을 흔들었습니다. 기운이 펄펄 넘쳤습니다. 진짜 빠른 속도로 달리고

---

1   영국의 험버 강과 그 주변에서 운항하던 증기선 또는 증기 기관 선박.

있었는데, 그 순간이 정말 자랑스러웠습니다. 제 인생에서 그렇게 자랑스러운 순간은 없었습니다!

"남자가 어떤 것을 좋아한다면 그것은 똑똑한 것과 마찬가지입니다. 저는 곧 철도 노선에서 최고의 기관사 중 한 명이 되었습니다. 모두가 동의했습니다. 저는 제 일에 자부심을 느끼고 즐겁게 일했습니다. 증기 기관에 정통한 것은 아니었지만, 문제가 생기면, 즉 고장만 나지 않으면, 얼마든지 고칠 수 있었습니다. 하지만 증기 기관의 내부 작동 원리를 설명할 수는 없었습니다. 기관차 엔진을 가동하는 것은 진[2]을 한 모금 마시는 것과 같습니다. 핸들을 돌리면 움직이기 시작하고, 반대 방향으로 핸들을 돌리고 브레이크를 밟으면 멈춥니다. 그게 다예요. 과학적 원리와 기관의 내부 작동을 이해한다고 해서 큰 도움이 되는 것도 아니고, 오히려 증기 기관의 모든 것을 아는 정비사가 최악의 운전자가 될 수도 있습니다. 이는 잘 알려진 사실입니다. 너무 많이 알아서 문제입니다. 자기 몸 안의 내장이 얼마나 복잡한지 알면 뭐 하나 망가뜨릴까 봐 먹지도, 마시지도, 춤추지도, 뛰지도 않고 아무

2　보통 토닉 워터나 과일 주스를 섞어 마시는 독한 술.

것도 하지 않을 테니까요. 기술자도 마찬가지입니다. 하지만 그런 걱정을 하지 않는 사람들은 계속 앞으로 나아갈 수 있습니다.

"하지만 증기 기관을 가동하는 것과 운전은 별개의 문제입니다. 증기의 유입과 차단은 모든 사람, 심지어 어린아이도 할 수 있습니다. 그렇다고 모든 사람이 기관차를 제대로 굴러가게 하는 것은 아닙니다. 모든 사람이 말을 잘 탈 수 없는 것과 같은 이치입니다. 두 가지 경우 모두 비슷합니다. 말을 1~2마일 전속력으로 질주하게 하면 기력이 떨어지기 때문에 그다음 1~2마일은 걷거나 가볍게 뛰게 해서 회복시켜야 합니다. 증기 기관도 마찬가지입니다. 추진력을 얻으려고 처음부터 과도하게 증기를 유입하면 보일러의 증기 공급이 고갈되는데, 그렇게 되면 담수가 끓어 증기가 생성될 때까지 속도를 낼 수 없습니다. 효율적인 주행의 핵심은 물이나 불의 양이 너무 부족해지지 않도록 일정한 속도를 유지하는 겁니다. 주전자에 물을 끓일 때 물이 반쯤 빈 상태에서 다시 채우면 금방 다시 끓는 것과 비슷합니다. 물이 거의 다 졸아 없어질 때까지 기다리면 다시 끓는 데 그만큼 시간이 오래 걸립니다. 또 한 가지 명심해야 할 사항은 예기치 않은 지연이 발생해

부득이하게 허비한 시간을 보충해야 하는 경우가 아닌 한 절대 지나치게 가속해서는 안 된다는 겁니다. 오르막길이든 내리막길이든 항상 일정한 속도를 유지해야 합니다. 간혹 기관사가 증기를 낭비해 언덕을 오를 충분한 동력을 얻지 못하는 경우가 있습니다. 행여 가다 서기를 반복하는 열차에 타고 있다면 실력이 형편없는 기관사가 운전대를 잡고 있다고 확신해도 좋습니다. 그런 식으로 운전하면 승객들은 공포에 떱니다. 덜컹거리며 달리던 기차가 역 근처도 아닌 터널 한가운데서 갑자기 속도를 늦추면 승객들은 사고 위험이 있다고 생각하기 쉽지만, 실은 기관사가 증기를 소진한 경우가 대부분입니다.

"이곳에 오기 약 4~5년 전에 브라이턴 급행열차에서 기관사로 일했습니다. 연간 승차권을 소지한 단골 승객들은 제가 언제 기관차를 몰았는지 잘 안다고 말했습니다. 갑작스러운 충격이나 흔들림이 없는 부드러운 승차감 때문이지요. 승객들은 플랫폼에 들어서면서 '오늘 짐 마틴이 운전하나요?'라고 묻곤 했습니다. 승무원이 이를 확인해 주면 승객들은 긴장을 풀고 편안하게 자리에 앉곤 했습니다. 기관사가 운행에 대해 단 한 푼의 봉사료도 받지 않는 데 비해 승무원은 모든 팁을 받습니다. 하지만 그들이 열차의 원활한 운행에 이바지하는 바는 크지 않습니다. 기관사의 역할에 대해 생각하는 사람은 거의 없습니다. 열차가 사람의 개입 없이도 알아서 척척 잘 굴러간다고 생각하는 사람이 많을 겁니다. 하지만 우리가 경각심을 가지고, 자신의 책임을 이해하고, 올바르게 수행하지 않으면 언제든 치명적인 사고가 발생할 수 있습니다. 저는 브라이턴까지 52분 만에 완주하곤 했습니다. 신문에는 49분으로 보도되었지만, 이는 약간 과장되었습니다. 이 위업을 달성하기 위해 저는 2마일마다 한 번씩 들어오는 신호에 계속 주의를 기울여야 했습니다. 따라서 저와 화부는 항상 긴장하며 두 가지 일을 동시에 했습니다. 바로 증기 기관을 제어하고 신호를 확인하기 위해 밖을 내다보는 겁니다. 저는 81마일에다 3/4마일을 더한 거리[1]에 달하는 이 노선을 단 86분 만에 주파한 적도 있습니다. 도로 상태가 양호하고 기관차가 안정적이며 뒤에 '객차'를 너무 많이 달고 있지 않은 한 속도는 위험하지 않습니다. 우리는 객실 칸을 '마차(carriage)'라고 부르지 않고 '객차(coach)'라고 부릅니다.[2]

---

1   81.75마일.

"네, 진동은 위험을 알리는 경고 신호입니다. 과도하게 진동하는 객차를 발견하면 다음 역에 신고해서 더 단단히 연결하도록 하세요. 너무 느슨한 객차는 튀어 오르거나 레일에서 흔들리기 쉬우며, 너무 밀착된 객차도 마찬가지로 위험합니다. 완충 장치가 원활하게 움직일 수 있는 충분한 공간이 필요합니다. 승객들은 터널에서 두려움을 느끼지만, 실제로 터널은 다른 곳보다 위험이 적습니다. 터널을 통과해도 안전하다는 명확한 신호가 떨어지지 않는 한 절대 터널에 진입하지 않으니까요.

"고속으로 달리는 열차라도 기관사와 함께 승무원이 신속하게 브레이크를 밟으면 놀라울 정도로 빠르게 정지할 수 있습니다. 여기에는 승무원의 역할이 매우 중요합니다. 뒤에서 브레이크를 한 번 밟는 것이 앞에서 두 번 밟는 것 못지않게 효과적입니다. 증기 기관은 석탄을 태워 물을 소비하는 과정에서 무게가 줄어들지만, 뒤에 끌려오는 객차들의 무게는 변

---

2   처음 증기 기관이 나왔던 시기에는 증기 기관이 있는 기관차 뒤에 마차를 연결해서 운행했다. 이후 19세기 중반이 넘어가면서 요즘 우리가 볼 수 있는 객차 칸이 연결되었다. 뒤에 마차가 달린 것을 carriage, van 등으로 불렀고, 현대적인 객차 칸은 coach로 불렀다.

함이 없으니까요. 우리는 종종 경험이 부족한 승무원들이 임무 수행에 대한 불안감으로 너무 빨리 브레이크를 밟는 문제에 직면합니다. 그 결과 열차를 역에서 멈추게 하는 데 어려움을 겪기도 합니다. 경험이 쌓이면 불안감이 줄어들어 브레이크를 늦게 밟습니다. 하지만 사고가 발생했을 때 승무원이 제때 브레이크를 밟지 않았다고 말해봐야 소용없습니다. 그들은 제때 밟았고, 달리 증명할 방법도 없으니까요.

"망치 하나 들고 바퀴를 두드리는 방식이 무의미하냐고요? 글쎄요, 저도 확답은 못 합니다. 하지만 철도 검수 담당 직원들이 문제를 발견하는 경우는 지극히 드뭅니다. 가끔 밤에 기차가 역에 들어올 때 그들이 잠들어 있을 수도 있거든요. 그렇다고 그들을 탓할 수 있을까요? 축함(軸函)[1]을 두드리는 것이 이상적이지만, 그렇지 않은 경우가 많습니다.

"철로에서는 뉴스에 보도되지 않는 수많은 사고가 발생합니다. 승객으로 꽉 찬 많은 열차가 가까스로 산산조각 나는 사고를 피합니다. 이런 사고는 기관사와 화부만 압니다. 제가 동부 카운티 노선을 운행할 때 겪은 일이 생각나는군요.

---

1 바퀴를 연결하는 축에서 베어링이 들어 있는 함 모양의 부품을 일컫는다.

커브를 도는데 느닷없이 같은 선로 반대편에서 다른 열차가 다가오는 게 보였습니다. 급브레이크를 밟았지만, 이미 너무 늦었다는 생각이 들었습니다. 그 기관차가 거의 우리 앞까지 다가오는 것을 보고 화부에게 뛰어내리라고 소리쳤습니다. 그는 제 말이 끝나기도 전에 기차에서 뛰어내렸습니다. 저도 뛰어내리려고 레버에서 막 손을 떼는데 마주 오던 열차가 극적으로 선로를 바꿨고, 순식간에 열차의 객차가 우리 기관차를 불과 몇 인치 차이로 비켜 지나갔습니다. 제가 목격한 상황 중 가장 아슬아슬한 순간이었습니다. 안타깝게도 제 화부는 이 사고로 목숨을 잃었습니다. 불과 0.5초 차이지만, 저 역시 뛰어내렸다면 열차에 치여 죽었을 겁니다. 우리가 없었다면 그 열차는 어떻게 되었을까요?

"사람들이 열차에 치여 죽는 일은 많지만, 아무도 그 이야기를 하지 않습니다. 어느 날 블랙컨트리[2]에 어둠이 깔린 밤이었습니다. 저와 제 동료는 얼굴에 뭔가 축축하고 따뜻한 게 튀는 것을 느꼈습니다. 제가 말했습니다. '빌, 이건 기관차에서 나온 게 아니야.' 그가 대답했습니다. '맞아, 뭔가 진득한

---

2 잉글랜드 중서부의 중공업 지대를 일컫는다.

것이었어, 짐.' 피였습니다. 그건 다름 아닌 피였어요. 나중에 탄광의 한 갱부가 열차에 치였다는 소식을 들었습니다. 우리가 동료 중 누군가를 사망에 이르게 했을 때는 가능한 한 조용히 해결하려고 합니다. 대개는, 거의 항상, 그들에게 책임이 있습니다. 우리는 위험을 걱정하지 않습니다. 우리는 위험에 익숙합니다. 뭐, 그렇다고 무모하지는 않습니다. 기관사만큼 자기 일에 자부심을 느끼는 직업군도 없다고 생각합니다. 우리는 마치 살아 있는 생명체를 다루듯 기관차를 자랑스럽게 여기고 사랑하며, 사냥꾼이나 기수가 자신의 말을 자랑스러워하듯, 기관차에 대한 자부심이 대단합니다. 기관차도 말과 비슷한 기교를 지녔습니다. 발로 차고, 돌진하고, 으르렁거립니다. 제 기관차에 낯선 사람을 태우면, 그는 어떻게 다뤄야 할지 전혀 감을 잡지 못할 겁니다. 네, 압니다, 알아요. 마지막 대규모 박람회 이후 기관차가 엄청나게 발전했습니다. 그중 일부는 멈추지 않고 물을 공급 받습니다. 참으로 놀라운 발명품이지만 ABC처럼 간단합니다. 특정 지점의 레일 사이에 물통이 있습니다. 레버를 움직여 주격의 주둥이를 물통에 내리면 열차가 이동하면서 분당 3,000갤런의 속도로 물을 기관차의 물탱크 안으로 밀어 넣습니다.

"기관차 운전자의 가장 큰 걱정은 시간을 지키는 일입니다. 브라이턴 특급 열차를 운행할 때는 항상 시간과 싸움하는 듯한 기분이었습니다. 속도에 대한 두려움은 없었습니다. 다만, 예정보다 늦어져 제시간에 도착하지 못할까 두려웠습니다. 우리는 역에 도착하면 시간을 기록해야 합니다. 회사에서 시계를 제공해 주면 그 시계에 맞춰 움직입니다. 운행을 시작하기 전 검사를 받기 위해 거쳐 가는 곳이 있습니다. 우리가 술에 취하지 않았는지 확인하기 위해서입니다. 하지만 그들은 우리에게 아무 말도 하지 않습니다. 조금 취한 사람은 쉽게 통과할 수도 있습니다. 검사를 통과하고 나서도 방향 감각을 잃고 빙빙 도는 파리처럼 취한 상태로 기관차에 올라타서는 석탄 더미에 엎드려 운행 내내 통나무처럼 꿈쩍도 하지 않고 잠을 자는 화부를 본 적도 있습니다. 그럴 때는 제가 직접 화부 역할을 해야 했습니다. 열차 기관사가 술을 마시는 경향이 있는지 물어본다면 어느 정도는 마신다고 말할 수 있습니다. 그 일은 매우 고됩니다. 몸의 절반은 얼음처럼 차갑고 나머지 절반은 불처럼 뜨거워서 한순간에 젖었다가 한순간에 마르는 환경에서 일하거든요. 술을 마시는 데 변명거리가 끊이지 않는 사람이 있다면 그 사람은 아마도 열차 기관사일 겁니다. 하지만 술에 취한 상태로 기관차에 올라타는 기관사가 있는지는 모르겠습니다. 만약 그랬더라도 세차게 몰아치는 바람에 머리가 순식간에 맑아졌을 겁니다.

"기관사는 몸으로 따지면 가장 건강한 사람이지만, 오래 살지는 못합니다. 그 원인은 차가운 음식과 흔들림 때문이라고 생각합니다. 차가운 음식은 기관사가 결코 편안하게 식사할 수 없다는 뜻입니다. 저녁 식사 시각에 맞춰 집에 가기란 하늘의 별 따기입니다. 아침 일찍 집을 나설 때 차가운 고기와 빵 한 조각을 저녁 식사로 가져가는데, 보통은 기관실을 떠나면 안 되기 때문에 차량기지에서 먹습니다. 시간이 지나면 지속적인 움직임과 흔들림 때문에 신체에 무리가 가고 피곤하고 지칩니다. 보험회사는 우리에게 표준 요율을 적용하지 않습니다. 우리는 어쩔 수 없이 포레스터나 올드 프렌즈와 같은 단체에 가입합니다. 민간 보험회사보다 그나마 가입 요건이 덜 까다롭기 때문입니다. 기관사의 임금은 하루 평균 8실링 정도지만, 꾀바르게 석탄을 사용하면, 다시 말해 석탄을 요령껏 절약하면 그보다 훨씬 많이 가져갑니다. 어떤 사람은 그런 식으로 일주일에 5실링에서 10실링까지 벌기도 합니다. 임금에 대해 특별히 불만을 제기하는 것은 아니지만, 소득세를 내야 하는 것은 힘듭니다. 회사에서 임금을 신고하면 우리는 세금을 내야 합니다. 그건 정말 부당합니다.

"우리의 가정생활에 대해 말하는 겁니까? 가족들과 함께 보내는 시간이 많지 않습니다. 아침 일곱 시 30분에 집을 떠나 밤 아홉 시 30분이나 그보다 늦게 돌아올 때도 있습니다. 제가 집을 나설 때 아이들은 아직 자고 있고, 제가 집에 돌아오면 이미 잠들어 있습니다. 제 하루는 보통 이렇게 흘러갑니다. 여덟 시 45분에 런던을 출발해 네 시간 30분 운전하고, 기관실 발판에 앉아 가벼운 식사를 하고, 기관차를 점검하고, 다시 운전해 돌아와 기관차를 청소하고, 업무보고를 한 다음 집으로 돌아옵니다. 제대로 된 식사도 없이 열두 시간 고된 노동에 시달립니다. 집을 나가면 돌아올 수 있을지 없을지 알 수 없으니 아내들은 항상 우리를 걱정합니다. 역을 떠나자마자 즉시 집으로 돌아가 우리를 기다리는 사람들의 안부를 확인하는 것이 의무지만, 안타깝게도 항상 그렇지는 않습니다. 우리는 먼저 술집에 들를 수도 있습니다. 당신도 종일 기관차에서 일하면 그럴 겁니다. 그렇지만 아내들도 우리가 괜찮은지 확인하는 그들만의 방법이 있습니다. 누가 '우리집 봤어요?'라고 물어봅니다. 누군가가 '아니요'라고 대답하면 다른 아내는 '하지만 잭이 30분 전에 역에서 나오는 그를 봤대요'라고 대답해줍니다. 그러면 그녀는 짐이 괜찮다는 것을 압니다. 또 짐이 필요하면 그녀는 어디에서 그를 찾을 수 있는지도 압니다. 우리 중 누구라도 동료의 아내에게 나쁜 소식을 전해야 한다면 그것만큼 끔찍한 일도 없을 겁니다. 아무도 그 일을 하고 싶어 하지 않습니다. 잭 데이비지가 세상을 떠났을 때가 생각나는군요. 누구도 그의 불쌍한 아내에게 이 비극적인 사고에 대해 알릴 용기가 없었습니다. 그녀는 일곱 명의 자녀를 두었는데, 막내 두 명이 열병으로 몸이 좋지 않았습니다. 우리는 톰 베리지의 어머니인 베리지 부인에게 이 사고 소식을 전해달라고 요청했습니다. 하지만 잭의 아내는 그 노부인이 들어서자마자 직감적으로 무언가 잘못되었다는 것을 알아차렸고, 베리지 부인이 말을 꺼내기도 전에 실신했습니다. 다음 날 아침 누군가가 잭이 세상을 떠났다는 소식을 전해줄 때까지 그녀는 밤새 의식을 잃은 채 소식을 알지 못했습니다. 하지만 마음속 깊은 곳에서는 그녀도 이미 진실을 알고 있었습니다. 우리의 삶은 예측할 수 없고 불안정하다는 것을 말입니다.

"오랜 기간 기관차를 운전했지만, 긴장감을 느낀 적은 단

한 번뿐입니다. 개인적인 안전은 제가 신경 쓰는 부분이 아닙니다. 이 일을 맡게 되면 위험을 감수하는 법을 배우게 됩니다. 마찬가지로 승객에 대해서도 걱정하지 않습니다. 기관사로서 저는 오로지 운전 그 자체에만 집중합니다. 제대로 잘 운행하기만 하면 그 뒤에 있는 객차들도 제 관점에서 안전할 테니까요. 하지만 한 번은 승객들을 생각했습니다. 그날 아침 제 아들 빌이 그 승객 중 한 명이었습니다. 빌은 가엾게도 다리를 절었지만, 조용하고 지혜로운 아이였기에 우리 모두의 사랑을 한 몸에 받았습니다. 제 아들은 시골 이모에게 내려가는 길이었습니다. 이모가 당분간 그 아이를 돌봐주기로 했거든요. 시골 공기가 그 아이에게 도움이 된다고 생각했습니다. 그날 아침 유일하게 제 뒤에 생명이 있다고 생각했고, 적어도 제가 돌보는 한 어린 소년의 삶에 대해 깊이 생각했습니다. 스무 대의 객차가 연결되어 있었는데, 제 어린 빌이 모든 객차에 있는 듯했습니다. 증기를 생성하고 가동하는 데 손이 떨렸습니다. 신호관제실에 이르러서는 심장이 쿵쾅거리는 것을 느꼈고, 교차로에 도착했을 때는 식은땀을 흘리고 있었습니다. 처음 50마일이 끝났을 때 보니 예정보다 거의 11분이나 늦었습니다. 제 화부가 '오늘 아침 왜 그래요? 어젯밤에 술을 많이 마셨나요?'라고 물었습니다. 저는 '피터버러에 도착할 때까지는 입 꾹 다물고 있어, 프레드, 그리고 정신 똑바로 차려'라고 대답했습니다. 피터버러 역에 진입하기 위해 증기 유입을 차단했을 때만큼 안심한 적도 없습니다. 어린 빌을 기다리던 이모가 객차에서 아이를 번쩍 들어 올리는 모습을 보았습니다. 저는 그녀에게 아이를 데려오라고 소리쳤습니다. 제 아이를 기관차에 태우고 뽀뽀를 스무 번 가까이했을 겁니다. 아이 얼굴이 기름과 석탄 먼지로 엉망이 되었습니다.

"남은 여정 동안에는 괜찮았습니다. 그리고 어린 빌이 떠난 후 승객들이 더 안전해졌다는 확신이 들었습니다. 기관사가 너무 많이 알거나 감정적으로 대응하는 것은 적절하지 않다고 생각했습니다.

3번 지선

—

보상 하우스

"집 전체에 거울이 하나도 없습니다. 주인님의 특이한 취향이지요. 이 집에 있는 어떤 방에도 없습니다."

어둡고 음침해 보이는 건물은 자신들의 화물역을 확장하기 위해 어떤 회사가 매입했다. 소위 '보상 배심원단'이라고 불리는 사람들이 이 집의 가치를 결정했기 때문에 그 결과로 '보상 하우스'라는 이름이 붙었다. 이 집은 그 회사의 재산이 되었지만, 공사를 시작할 때까지는 세입자가 소유권을 유지했다. 처음 이 집이 내 시선을 끈 이유는 내가 머그비 교차로 주변을 이리저리 거닐다가 지칠 때면 30분씩 앉아 있던 선로 근처 거대한 목재 더미 바로 앞에 있었기 때문이다.

정사각형의 차가운 회색빛 건물은 거칠게 다듬은 돌로 지어졌고, 같은 재질의 얇은 석판으로 지붕을 덮었다. 창문은 건물 크기에 비해 그 수가 매우 적고 작았다. 건물 외벽의 평평한 측면에 고작 네 개뿐이었다. 집 중앙 현관 양쪽에 두 개, 한 층 위에 두 개가 더 있었다. 블라인드는 모두 내려졌고, 문이 굳게 닫혀서 이 음울한 건물에는 사람 그림자도 사람 사는 흔적도 볼 수 없었다.

하지만 문이 항상 닫혀 있는 것은 아니었다. 가끔 빗장과 문고리가 요란하게 짤랑거리는 소리를 내며 문이 열리면, 한 남자가 문 앞으로 나와 신선한 공기에 익숙하지 않은 듯 코를 킁킁거리며 냄새를 맡곤 했다. 50~60대로 추정되는 그 남자는 살집이 있고 건장한 체격에 머리를 아주 짧게 쳤고, 얼굴은 덥수룩한 수염으로 뒤덮여 있었다. 하지만 붙임성 있는 눈빛은 호감이 갔다. 내가 그를 볼 때마다 그는 일반적인 천이 아닌 색다른 소재의 신기한 녹갈색 프록코트[1]를 입고 있었다. 양복 조끼와 바지는 그보다 더 밝은 색상이었고, 셔츠 깃에 달린 장식은 덥수룩한 수염과 어울리지 않았을 뿐만 아

---

1   과거 남자들이 입던 긴 코트.

니라 수염에 계속 닿았다. 이 덕망 있는 사람은 도로로 나가기 전 문지방에서 잠깐 심호흡하는 습관이 있었다. 그런 다음 위쪽 창문 하나를 반쯤 기계적으로 힐끗 쳐다보고 난 뒤에 철로 근처 목재 더미까지 건너가 사람들을 철로에서 보호하기 위해 설치한 가장자리 울타리에 기대 서 있곤 했다. 거기에서 그는 (집 앞을 지나는) 철로의 위아래를 응시했다. 어떤 결과를 바라고 하는 행동은 아닌 듯했고, 그저 자기만의 어떤 의식을 묵묵히 수행하는 듯한 분위기가 풍겼다. 이렇게 하고 그는 다시 길을 건너 집 문턱까지 와서 등을 돌리고 마지막으로 숨을 고른 후 최소 일주일 동안은 다시 열지 않을 듯 빗장과 문고리로 문을 꽉 걸어 잠그고 한 번 더 집안으로 사라졌다. 하지만 30분도 채 지나지 않아 다시 도로로 나와 심호흡하고 이전과 마찬가지로 철로의 위아래를 살펴보았다.

집 안팎을 오가며 한시도 가만히 있지 못하는 이 인물과 친분을 쌓기까지 그리 오랜 시간이 걸리지는 않았다. 그러던 중 나는 프릴 셔츠를 입은 남자가 최근 이 집에 입주한 오즈월드 스트레인지라는 병든 신사의 신뢰받는 하인이자 집사, 시종, 잡부라는 사실을 알게 되었다. 그의 이름은 메이시로 스트레인지 씨의 상황에 대해 다소 솔직하게 이야기해 주었다. 메이시가 재빨리 알려준 바에 따르면, 그가 모시는 주인이 이 지역으로 이사한 이유는 주인의 검소한 성향 때문이라기보다 어느 정도는 가구원의 수를 줄이기 위해서였다. 하지만 다른 한 편으로는 스트레인지 씨의 오랜 친구이자 그의 건강에 필요한 교제와 조언을 아끼지 않는 가든 박사와 가까이 지내기 위해서였다. 스트레인지 씨의 삶은 고통을 견디느라 위태로운 상황에 놓인 듯했고, 시간이 지날수록 빠르게 꺼져갔다. 메이시는 이미 과거형으로 자신의 주인을 언급하며 그가 서른다섯 살을 넘기지 않은 젊은 신사라고 알려주었다. 이 목구비와 체격은 젊어 보였지만, 표정에는 젊음과는 전혀 어울리지 않는 기운이 감돌았다고 했다. 이것이 그 남자의 중대한 특징이었다. 멀리서 보면 실제 나이보다 젊어 보여서 낯선 사람들은 종종 그를 20대 후반의 사람으로 착각했지만, 그와 가까워지면 바로 마음을 바꾸었다. 메이시는 종종 이런 말을 반복하며 주인의 특징을 요약했다. "선생님, 그는 이름도 기묘하고, 성격도 기묘하고, 더군다나 보기에도 참으로 기묘한 사람이었습니다."

이 평범한 이야기의 서두에서 인용한 말은 나와 메이시가 나눈 두 번째나 세 번째 대화에서 나왔다.

"집 전체에 거울이 하나도 없습니다." 그가 내가 서 있는 목재 옆에 서서 이 집을 유심히 바라보다가 말했다. "하나도 없어요."

"거실 안에?" 내가 물었다.

"아니요, 거실과 침실 모두. 집안에 작은 면도용 거울도 없습니다."

"왜 그런 겁니까?" 나는 궁금했다. "왜 집안에 거울이 하나도 없습니까?"

"아, 선생님!" 메이시가 대답했다. "그건 우리 중 누구도 설명할 수 없는 미스터리입니다. 스트레인지 씨의 특이한 기질 중 하나입니다. 그런 기질이 꽤 많았는데, 모두 이해하기 쉬운 것은 아니었습니다. 그는 하인이라면 누구나 바라는 모시기 좋은 신사였습니다. 자유분방한 신사분은 거의 불편을 끼치지 않았고, 항상 친절한 말과 행동으로 신속하게 처리해 주었습니다. (우리가 이곳에 오기 전에 살았던) 세인트 조지 교구 전체에서 하인들을 위해 더 많은 휴일을 주거나 더 나은 음식을 제공하는 집은 없었습니다. 하지만 이 모든 장점에도 아까 말했듯이 그에게는 평범하지 않은 특이한 습관과 기이한 면이 있었고, 이것이 그중 하나였습니다. 그리고 그는 그것을 유별나게 강조했습니다." 메이시가 계속 이야기했다. "집안의 변화는 새로운 하인이 고용될 때마다 일어났고, 그 하인이 규정을 준수하는 정도에 따라 달라졌습니다. 새로운 하인을 고용할 때 가장 먼저 만든 규정이 바로 거울에 관한 것이었습니다. 업무의 일환으로, 저에게는 이 집에 들어올 새로운 하인을 고용하기 전에 제가 설명할 수 있는 범위 내에서 해당 사안을 설명할 책임이 있었습니다. 저는 그들에게 '여기는 임금도 좋고, 음식도 넉넉하고, 여가도 많으니 편한 곳임을 알게 될 겁니다'라고 말하곤 했습니다. '하지만 한 가지 조건이 있는데, 이곳에서 일하는 동안 절대 거울을 볼 수 없습니다. 집안에 거울이 없는데, 앞으로도 없을 예정이라 그렇습니다.'"

"하지만 그런 일이 절대 없으리라는 걸 어떻게 알았습니까?" 내가 물었다.

"오, 선생님. 제가 보고 들은 내용을 선생님도 들었다면 의심의 여지가 없을 겁니다. 한 가지 사례를 말하지요. 하루는 주인님이 요리사가 기거하는 가정부 방에 들어갔다가 어떤 변화를 확인하고 꽤 언짢은 장면이 벌어졌던 일이 떠오릅니다. 못난 인물에다 허영심 많은 요리사가 벽난로 위 선반에 약 6인치 크기의 작은 거울을 올려놓았습니다. 그녀는 그것을 몰래 구해 항상 어딘가에 숨겨 놓고 잠가 두었는데, 머리를 매만지는 동안 거울을 잠깐 꺼내놓았다가 갑자기 부르는 바람에 방을 나오게 되었습니다. 제가 그 거울을 발견하고 서둘러 가지고 나오려는데, 주인님이 먼저 손에 넣었습니다. 정말 순식간이었습니다. 그는 한참을 뚫어지게 바라보다가 창백해진 얼굴로 거울을 움켜쥐고는 바닥에 내동댕이쳤습니다. 그러고는 거울 파편이 가루가 되도록 발로 밟았습니다. 주인님은 종일 자기 방에 틀어박혀 있다가 저에게 즉시 요리사를 해고하라고 명령했습니다."

"정말 이상한 일도 다 있네!" 내가 생각에 잠겨 말했다.

"아, 정말 말도 못 합니다." 나이 든 남자가 계속 말을 이어 나갔다. "여자 하인들 때문에 애로 사항이 얼마나 많았는지. 그런 상황에서 그 일자리를 수락할 만한 여자 하인을 찾는 게 어디 쉬운 일이었겠습니까. '뭐, 머리 손질할 거울도 없다고요?'라고 묻고는 가버리기 일쑤였습니다. 급료를 더 준다고 해도 소용없었습니다. 자, 그럼, 일하기로 한 사람들은 어떤 거짓말을 할까요? 하나같이 자기는 거울 보는 습관도 없고, 또 거울 보는 데 관심도 없다고 악착같이 우겨놓고는 그 집에서 일하는 내내 위층 자기 방 옷 속에 몰래 거울을 숨겨두곤 했습니다. 그러고는 조만간 그것을 꺼내 (요리사처럼) 주인이 보지 못할 가능성이 높은 곳에 놓아두었습니다. 이 여자들은 양심이 전혀 없습니다. 그중 한 명이 거울을 사용하다가 제게 발각되었는데, 뻔뻔하게 돌아서더니 '제가 가르마를 똑바로 탔는지 어떻게 알아요?'라고 따져 묻더군요. 이 집에 사는 동안 거울을 볼 수 없는 것이 고용 조건이 아니었다는 듯이 말입니다. 허영심 많고 못난 인간들이 늘 가장 무익한 법이지요. 그들의 술수는 끝이 없었습니다. 제가 찾기가 거의 불가능한 반짇고리 뚜껑 안쪽이나 찬송가 책, 요리책 표지 안쪽, 찻잎 보관 상자 안에 거울을 숨겼습니다. 한 소녀가 떠오릅니다. 정말 교활했습니다. 얼굴에는 끔찍한 천연두 흉터가 있었는데, 이상한 시간에 기도서를 읽는 모습이 자주 눈에 띄었습니다. 저는 그 소녀의 독실한 신앙심에 감탄하기도 했고, 기분에 따라서는 그 소녀가 결혼 예식을 공부한다고 생각하기도 했습니다. 그러던 어느 날 그녀가 진짜 무엇을 하는지 알아차렸습니다. 바로 얇은 양피 사이에 테두리가 없는 작은 거울 조각을 우표 가장자리의 끈적한 부분으로 고정해 놓았더군요. 기가 막힌 수법이었습니다! 그들은 부엌방이나 석탄 창고에 거울을 숨기거나 옆집 하인에게 맡기든 모퉁이 우유 배달부에게 맡기든 항상 거울을 가지고 있었습니다. 면도할 거울이 하나도 없는 것은 정말 불편한 일이었습니다." 그가 긴 이야기를 마치며 말했다. "처음에는 이발소에 갔지만, 얼마 지나지 않아서는 주인님처럼 수염을 길렀고, 앞머리든 뒷머리든 가르마를 탈 필요가 없도록 항상 머리를 짧게 유지했습니다."

한동안 나는 멍한 상태로 자리에 앉아 그에게서 눈을 떼지 못했다. 갑자기 강한 호기심이 발동했고, 더 많은 정보를 알아내고 싶은 열망이 내 안에서 꿈틀거렸다.

"주인에게 거울에 비친 자신의 이미지를 보고 괴로워할 만큼 개인적인 결함이 있었습니까?" 내가 물었다.

"절대 아닙니다, 선생님." 메이시가 말했다. "그는 선생님이 보기에도 아주 잘생긴 신사였습니다. 약간 섬세하게 생겼고, 아주 창백한 얼굴이었지만, 선생님이나 저만큼 모난 데는 없습니다. 아니, 절대 그런 건 아닙니다."

"그러면 뭐였습니까? 뭐예요?" 내가 간절히 물었다. "주인이 신뢰하는 사람은 없습니까?"

"아니, 있습니다." 그 남자가 눈을 이 집 창문으로 돌렸다.

"제 주인님의 모든 비밀을 아는 사람이 딱 한 명 있는데, 그 중에서도 바로 이 비밀에 대해 알고 있습니다."

"그게 누굽니까?"

메이시가 돌아서서 나를 뚫어지게 바라보았다. "여기 의사입니다." 그가 말했다. "가든 박사. 제 주인님의 아주 오랜 친구입니다."

"그 신사분과 이야기를 나누고 싶군요." 이 말이 내 입에서 나도 모르게 흘러나왔다.

"지금 제 주인님과 함께 있습니다." 메이시가 말했다. "곧 나올 테고, 어떤 질문에도 대답해 주리라 장담합니다." 그가 이야기하고 있는데, 집 문이 열리더니 한 중년 신사가 그 집 현관 계단에 모습을 드러냈다. 키가 크고 마른 남자는 구부정한 자세 탓인지 실제보다 키가 작아 보였다. 메이시는 의사의 지시사항을 들어야 한다고 혼잣말처럼 중얼거리며 곧바로 내 곁을 떠나 길을 가로질러 뛰어갔다. 키 큰 남자는 메이시와 몇 분 동안 진지하게 대화를 주고받았는데, 아마도 위층 환자에 대해 얘기하는 듯했고, 몸짓을 보면 내가 두 사람 사이에 추가 대화의 주제로 떠오른 듯했다. 좌우간 메이시가 다시 집 안으로 들어간 후 의사가 친근한 미소를 지으며 나에게 다가와 말을 걸었다.

"존 메이시가 병으로 고생하는 내 친구의 상태에 관심이 있다고 하더군요. 나는 이제 집으로 돌아가려는 참입니다만, 나와 함께 걷는 게 괜찮다면 내가 할 수 있는 한 기꺼이 알려주겠습니다."

나는 곧바로 불편을 끼쳐 죄송하다는 말과 함께 그의 제안에 감사를 표하고 길을 따라나섰다. 그리고 의사 집에 도착해 서재에 앉았을 때 용기를 내어 이 불쌍한 신사의 건강 상태를 물어보았다.

의사가 대답했다. "호전되지도 않았고, 호전될 기미도 보이지 않습니다. 메이시가 그의 이상한 상태에 대해 말하지 않던가요?"

"네, 그가 저에게 어떤 사실에 대해 말해주었습니다." 내가 대답했다. "그리고 그는 박사님이 그 일에 대해 모두 알고 있다고 말하더군요."

가든 박사의 표정이 엄숙해졌다. "유감스럽게도 나 역시 그 일에 대해 모든 것을 알지는 못합니다. 그가 거울에 비친 자신의 모습을 볼 때 무슨 일이 일어나는지만 압니다. 그가 가장 특이한 방식으로 유령에 시달리게 된 상황에 관해서는 나도 당신만큼이나 캄캄합니다."

"유령이라고요?" 나는 소스라치게 놀라 소리를 질렀다. "설명할 수 없는 방식으로 귀신이 들린다는 말입니까?"

가든 박사는 나의 강렬한 호기심에 살짝 미소를 흘리고는 잠시 생각을 정리한 후 말을 이어갔다.

"나는 오즈월드 스트레인지 씨를 매우 특이한 상황에서 처음 만났습니다. 치비타베키아에서 마르세유로 가는 이탈리아 증기선을 타고 여행 중이었습니다. 하룻밤 여행을 마치고 선실에서 면도를 하고 있었는데, 갑자기 한 남자가 내 뒤에 나타났습니다. 그는 잠시 거울에 비친 자신의 모습을 바라보다가 아무런 경고도 없이 벽에서 거울을 뜯어내 내 발 앞에서 부숴버렸습니다. 처음에 그의 얼굴은 분노로 가득 차 있었지만, 어쩐지 그가 경험하는 것은 분노가 아니라 두려움인 듯했습니다. 하지만 잠시 후 그의 표정이 바뀌더니 자신의 행동을 부끄러워하는 듯했습니다. 글쎄요." 의사의 얼굴에 순간적으로 다시 미소가 번졌다. "물론, 내가 무척 화가 났었다는 것을 인정해야 합니다. 아래턱을 면도하고 있었는데, 거울이 깨지는 바람에 놀라서 실수로 턱 밑에 상처를 냈거든요. 게다가 그의 행동이 너무 뻔뻔하고 모욕적으로 느껴져서 스트레인지 씨에게 거칠고 유감스러운 표현을 했습니다. 지금은 후회하지만, 그 순간에는 정당한 행동이었다고 생각합니다. 하지만 그 후 스트레인지 씨의 후회와 부끄러움이 나를 무장 해제했습니다. 그는 배의 승무원을 불러 거울 값을 아낌없이 지불하고 선실에 있던 사람들에게 우발적으로 벌어진 일이라고 설명했습니다. 하지만 나에게는 다른 설명을 했습니다. 우연이 아니라는 사실을 내가 알아야 한다고 생각했거나 누군가에게 진심으로 털어놓고 싶었는지도 모릅니다. 어느 쪽이든 그는 자신의 행동이 통제할 수 없는 충동, 즉 발작과 비슷한 행동의 결과라고 나에게 토로했습니다. 그는 나에게 사과하고 이런 행동에서 자신을 분리해달라고 요청했고, 깊이 후회했습니다. 그러고는 자신은 수염을 길러서 다른 사람들이 면도하는 모습을 보면 약간 억울하다는 농담으로 유머러스하게 넘기려고 했지만, 질병이나 망상에 대해서는 언급하지 않았습니다. 얼마 지나지 않아 그는 작별 인사를 하고 자리를 떠났습니다.

"내 직업상 스트레인지 씨에게 관심을 가질 수밖에 없었고, 마르세유로의 항해가 끝난 후에도 나는 그와의 연락을 완전히 끊지는 않았습니다. 그는 어느 정도 유쾌한 동반자였지만, 항상 자기 자신에 대해 숨기는 듯한 느낌을 지울 수 없었습니다. 스트레인지 씨는 자신의 과거에 대해 말을 아꼈고, 여행이나 이탈리아에서 장기 체류한 경험에 관한 어떤 이야기도 꺼내지 않았지만, 그 기간이 길었다는 것만은 알 수 있었습니다. 이탈리아어를 유창하게 구사했고, 이탈리아에 대해서도 꽤 잘 아는 듯했으니까요. 하지만 이탈리아에 관한 대화는 피했습니다.

"함께 지내는 동안 그가 평소와 너무 달라져서, 내가 전문적으로 돌보았는데도, 주변인들이 불안해하는 순간이 있었습니다. 그의 발작은 강렬하고 갑작스러웠지만, 더욱 기괴한 것은 거울에 대한 설명할 수 없는 집착이었습니다. 그는 자신의 모습을 볼 때마다 연상되는 어떤 끔찍한 생각에 사로잡힌 듯했습니다. 그와 함께 여행을 계속하다 보니 어느 순간 나마저도 벽에 아무렇지 않게 걸린 거울이나 화장대 거울 등 무언가 반사되는 표면을 보는 것에 두려움이 느껴지더군요.

"가련한 스트레인지 씨가 거울 영향을 항상 같은 방식으로 받지는 않았습니다. 어떤 때는 분노로 그를 미치게 하는 듯했고, 또 어떤 때는 그를 돌로 변하게 하는 듯했습니다. 마치 정신착란에 걸린 듯 움직이지 않고 말도 하지 못했습니다. 어느 날 밤—최악의 일은 항상 밤에 일어나고, 게다가 폭풍우가 몰아치는 밤에는 생각보다 더 자주 일어납니다—우리는 오베르뉴 중부 지방의 작은 마을에 도착했습니다. 잘 알려지지 않은 곳이고, 철도 노선에서 벗어난 그 장소가 지닌 고풍스러운 매력과 아름다운 풍경에 이끌려 그곳으로 향했습니다. 날씨도 우리에게 유리하지는 않았습니다. 종일 우울하고 답답한 날씨에 더위는 견딜 수 없을 정도였고, 아침부터 하늘은 불길해 보였습니다. 해가 질 무렵, 이런 조짐은 현실이 되었습니다. 그날 내내 바람을 거스르는 듯하던 천둥과 번개를 동반한 비가 마침내 우리가 머물던 곳을 엄청난 기세로 강타했습니다.

"실용적인 생각을 지닌 일부 강인한 체질의 사람들은 인간이 대기 조건에 의해 정신적 또는 육체적으로 영향을 받을 수 있다는 사실을 완강히 부인합니다. 나는 동물과 무생물에도 큰 영향을 미치는 날씨 변화가 인체처럼 섬세하고 복잡한 조직에 어떻게 영향을 미칠 수 있는지는 이해할 수 없기에 그런 믿음에 동의하지 않습니다. 따라서 이날 저녁에 내가 느낀 긴장감과 우울감은 부분적으로 대기의 불안정한 상태 때문이었다고 생각합니다. 나의 벗 스트레인지 씨와 잘 자라는 인사를 나누었을 때, 나는 여느 때처럼 불안한 기분이 들었습니다.

우리가 묵던 여관이 자리 잡은 주변 산들 사이로 쉴 새 없이 천둥이 치고 있었습니다. 천둥은 가끔 가까이 다가왔다가 물러나곤 했지만, 잠깐 잠잠해졌을 뿐 완전히 멈추지는 않았습니다. 나는 내 마음을 끊임없이 괴롭히는 꼬리에 꼬리를 무는 편치 않은 생각을 떨쳐버릴 수 없었습니다.

"내 생각이 종종 옆방 여행 친구에게로 향한 것은 말할 필요도 없습니다. 그의 얼굴이 내 머릿속에서 떠나지 않았습니다. 저녁 내내 우울하고 낙담한 표정이었는데, 잘 자라는 인사를 할 때 그의 눈빛이 내 뇌리에서 떠나지 않았습니다.

"우리의 방을 구분하는 문이 있었는데, 그사이에 놓인 칸막이가 견고하지 않았습니다. 그런데도 나는 우리가 각자 방으로 물러난 후 그의 방에서 버스럭거리는 소리는커녕 그가 거기 있다는 사실을 알려주는 어떤 소리조차 듣지 못했습니다. 나는 이 침묵이 견딜 수 없을 만큼 끔찍했습니다. 그가 죽었거나 발작을 일으켰을지도 모른다는 말도 안 되는 당혹스러운 공상이 나를 사로잡았습니다. 더는 긴장감을 견딜 수가 없어서 문으로 다가가 어떤 소리가 들리는지 주의 깊게 들어보았지만, 아무 소리도 들리지 않았습니다. 마지막으로 세게 노크했지만, 역시 아무런 반응이 없었습니다. 단 한 순간도 그 긴장감을 견딜 수 없었기에 나는 조금도 망설이지 않고 문을 열고 방으로 들어갔습니다.

"방은 넓고 거의 텅 비다시피 했습니다. 촛불 하나만 켜져 있어서 번개가 번쩍일 때를 제외하고는 어두운 구석까지 들여다보기도 거의 불가능했습니다. 벽 한쪽에 놓인 금방이라도 부서질 듯한 작은 침대는 천장의 커다란 철제 고리에 매달린 누렇게 변색한 광목 커튼으로 둘러싸여 있었습니다. 그밖에 가구라고 할 만한 것은 물병과 수건을 올려놓은 세면대 겸용 낡은 서랍장과 오래된 두 개의 낡은 의자, 마지막으로 테두리가 있는 커다란 구식 거울이 달린 화장대가 전부였습니다.

"그 방에 들어선 순간부터 텅 빈 방 중앙의 거울 앞에 움직이지 않고 가만히 서 있는 유령 같은 형상에 완전히 사로잡혔기 때문에, 그 방의 모든 세부 사항을 어떻게 다 기억할 수 있었는지는 설명할 수 없지만, 아직도 내 기억에 생생합니다.

"얼마나 끔찍한 광경이던지! 테이블 위에 놓인 촛불의 희미한 빛이 스트레인지 씨의 얼굴을 아래쪽에서 비추며 (내 기억대로라면) 뒤쪽 벽과 머리 위 천장에 거대하고 어두운 그림자를 드리우고 있었습니다. 그는 두 손을 테이블 위에 올려놓고 몸을 약간 숙인 채 앞에 놓인 거울을 뚫어지게 바라보았습니다. 창백한 얼굴은 식은땀으로 범벅이 되었고, 희미한 빛 속에서 그의 경직된 표정과 창백한 입술은 소름이 끼칠 정도였습니다. 완전히 넋이 나간 그는 내가 노크하고 들어가는 소리를 전혀 의식하지 못했습니다. 심지어 큰 소리로 그의 이름을 불렀지만, 표정 하나 변하지 않았고, 그 자리에서 꿈쩍도 하지 않았습니다.

"정말 끔찍한 광경이었습니다! 그 넓고 어두운 텅 빈 방에서, 적대적인 것보다 더한 침묵 속에서, 끔찍한 형상이 마치 조각상처럼 설명할 수 없는 공포에 질려 얼어붙은 채 서 있었습니다. 그 정적과 섬뜩한 고요함이란! 이제 천둥소리조차 들리지 않았습니다. 공포가 내 온몸을 마비시켰습니다. 그때 알 수 없는 본능에 이끌려 천천히 테이블 쪽으로 다가갔고, 마침내 내가 이미 본 것보다 더 끔찍한 유령을 보리라 기대하며 그 형상의 어깨 너머로 거울을 들여다보았습니다. 그러다 내 손이 우연히 그의 팔을 살짝 스쳤습니다. 그 순간 한참 동안 그를 붙잡아 두었던 마법이 풀린 듯 그가 다시 살아났습니다. 호랑이가 튀어 오르듯 그가 갑자기 나를 향해 몸을 홱 돌리더니 내 팔을 꽉 움켜잡았습니다.

"나는 친구의 방에 들어가기 전부터 이미 그날 밤 내내 불안하고 초조한 기분이었다고 말했습니다. 하지만 즉각적인 조치가 필요한 상황이었고, 이 남자가 고통스러워하는 모습을 보고 있자니 내가 느꼈던 모든 것이 하찮아 보일 정도였고, 나 자신이 가진 불편함의 상당 부분이 나를 떠나는 듯했습니다. 나는 단호해져야 했습니다.

"나를 마주한 그의 얼굴은 내 평정심을 깨뜨리기에 충분했습니다. 그의 눈은 공포로 가득 차 있었고, 그 입술은—내 생각이지만—할 말을 잊은 듯했습니다. 그 비참한 남자는 한참동안 나를 쳐다보다가 여전히 내 팔을 붙잡은 채 천천히 아주 천천히 고개를 돌렸습니다. 내가 조심스럽게 그를 거울에서 떼어내려 했지만, 그는 움직이지 않았고, 계속해서 거울에 비친 자신의 모습을 응시했습니다. 더는 참을 수 없었던 나는 힘겹게 그를 끌어내 침대 발치에 놓인 의자로 데려갔습니다. 내가 긴 침묵을 깨고 '이보게'라고 말했습니다. 침묵이 너무 길었던 탓인지 내 목소리조차 내 귀에 이상하고 공허하게 들렸습니다. '자네는 지쳤고, 날씨가 자네를 괴롭히고 있어. 이제 잘 시간 아닌가? 누워서 마음을 진정시키는 음료 한 잔 마시겠나?'

"그는 내 손을 꼭 잡고 내 눈을 간절히 바라보았습니다.

'이제 기분이 좀 나아졌어요.' 그가 거의 들릴 듯 말 듯 하게 속삭였습니다. 하지만 그의 눈빛은 여전히 하고 싶은 말이 있지만 결심이 서지 않는 듯 애절해 보였습니다. 잠시 후 그가 앉아 있던 의자에서 일어나더니 나에게 따라오라고 손짓했습니다. 그가 천천히 방을 가로질러 화장대로 가더니 한 번 더 거울 앞에 섰습니다. 거울을 응시하는 그의 몸에서 격렬한 떨림이 느껴졌지만, 그는 결연한 의지로 굳건히 자리를 지키며 계속 거울을 응시한 채 내게 손짓으로 자기 옆에 와달라고 했습니다. 그래서 나는 그의 옆에 섰습니다.

"'저기 안을 보세요!' 그가 거의 속삭이듯 말했습니다. 그는 여전히 테이블 위에 올려놓은 두 손으로 지탱하고 있었고, 자신이 의미하는 바가 무엇인지 알리기 위해 거울을 향해 그저 고개만 끄덕일 뿐이었습니다. 그가 재차 말했습니다. '저기 안을 보라고요!'

"나는 그가 시키는 대로 했습니다.

"'뭐가 보이나요?' 그가 물었습니다.

"'내 눈에는,' 나는 되도록 가벼운 어조로 그의 얼굴이 비친 모습을 최대한 정확하게 묘사하려고 노력했습니다. '뺨이 움푹 팬 창백한 얼굴이 보이는군….'

"'뭐라고요?' 그가 이해할 수 없는 공포에 질린 목소리로 소리쳤습니다.

"'뺨이 움푹 들어가고 동공이 확장된 두 개의 움푹 들어간 눈'이라고 내가 계속 설명했습니다.

"거울에 비친, 바뀌는 친구의 얼굴을 보았고, 내 팔을 움켜쥔 그의 손에 힘이 더 들어가는 게 느껴졌습니다. 나는 말을 멈추고 그를 살펴보았습니다. 그는 나를 돌아보지 않았지만, 계속 거울을 응시하며 말을 하려고 애쓰는 듯했습니다.

"마침내 그가 더듬거리며 물었습니다. '박사님도…보이나요….'

"'뭐 말인가?' 내가 재빨리 반문했습니다.

"'저 얼굴!' 그가 공포에 질린 목소리로 외쳤습니다. '제 얼굴이 아닌, 제가 항상 제 얼굴 대신 보는 저 얼굴!'

"나는 그의 말에 할 말을 잃었습니다. 순식간에 수수께끼가 풀렸지만, 이 얼마나 경악할 만한 일입니까! 이 남자는 거울에 비친 자신의 모습을 보는 능력을 상실했을까? 그 자리에 다른 사람의 모습이 있었을까? 그가 다른 사람의 의견을 말했을까? 그 생각이 미치자 나는 공포에 휩싸여 잠시 아무 말도 할 수 없었습니다. 그러다 내 침묵이 그에게 잘못된 메시지를 전해주고 있다는 사실을 깨달았습니다.

"'아니, 아니. 아니야!' 말을 할 수 있게 되자마자 내가 '백 번 천번 말해도 그건 아니야!'라고 외쳤습니다. '당연히 자네만 보였어. 내가 묘사하려고 한 모습은 자네 얼굴이었어.'

"그는 내 말을 듣지 않는 듯했습니다. '자, 저기를 보세요!' 그가 낮고 또렷하지 않은 목소리로 거울에 비친 자신의 모습을 가리키며 말했습니다. '거기에 누구의 얼굴이 보이나요?'

"'물론 자네 얼굴이지.' 내가 대답했습니다. 그리고 잠시 후 내가 물었습니다. '자넨 누구의 얼굴이 보이나?'

"그는 마치 넋이 나간 사람처럼 공허한 표정으로 '그의 얼굴—오로지 그의 얼굴—항상 그의 얼굴만 보여요'라고 대답했습니다. 그는 잠시 꼼짝도 하지 않고 서 있다가 '그의 얼굴, 항상 그의 얼굴이에요'를 크게 되풀이하고 내 바로 앞에서 쓰러졌습니다.

"이제 어떻게 해야 할지 알았습니다. 어쨌든 내가 헤아릴 수 있는 일이 있었습니다. 나는 작은 약상자와 의료 기구를 준비했고, 최선을 다해 고통받는 환자를 돌보았습니다. 환자는 위독한 상태였고, 며칠 동안 생사의 갈림길에 서 있었습니다. 런던으로 급히 돌아가야 하는 상황이었지만, 환자를 혼자 둘 수는 없었습니다. 그가 안정을 되찾자마자 나는 믿을 수 있는 하인 존 메이시를 영국에서 그곳으로 오게 했습니다. 그에게 상황을 알린 후 환자를 돌봐달라고 부탁하고 여행이 가능할 만큼 건강을 회복하는 대로 영국으로 데려오라고 지시했습니다.

"그 끔찍한 장면은 끊임없이 나를 괴롭혔습니다. 매일 거울에 비친 자신의 모습에 괴로워하는 그 고통받는 남자의 모습을 떨쳐버릴 수가 없었습니다. 때때로 내 머릿속에서는 그가 분노에 휩싸여 거울을 부수는 모습이 보였고, 어떤 때는 그의 영혼을 사로잡은 듯한 끔찍한 이미지 앞에서 얼어붙은 채 서 있는 모습도 보였습니다. 한 번은 길가 여관에서 우연히 그를 만났는데, 대낮에 등을 돌린 채 서 있는 그를 본 기억이 납니다. 숨도 쉬지 않는 듯 움직이지 않고 정적에 휩싸인 그를 거의 30분 동안 지켜보았습니다. 돌이켜보면 한밤중에 천둥 번개가 치는 가운데 목격했던 유령보다 대낮에 본 유령이 훨씬 끔찍했던 것 같습니다.

"런던의 집으로 돌아온 스트레인지 씨는 자신의 환경을 어느 정도 통제할 수 있다는 사실에 다른 곳에서보다 위안을 얻었습니다. 그는 낮에는 거의 밖으로 나가지 않고 밤에만 외출했습니다. 하지만 낮에 그와 함께 한두 번 외출했는데, 거울을 파는 가게 앞을 지날 때 그가 극도로 흥분하는 모습을 목격했습니다.

"내가 은퇴 후 삶을 선택한 이곳에 가련한 친구와 함께 온지 거의 1년이 지났습니다. 친구는 몇 달 사이에 서서히 쇠약해졌고, 폐에 병이 생겨 임종에 이르렀습니다. 내가 소개한후로 존 메이시는 그의 변함없는 동반자가 되어주었기에 나는 나를 도와줄 새로운 하인을 고용해야 했습니다."

의사가 이야기를 마치며 덧붙였다. "이보다 더 비참한 이야기를 들어보았거나 이보다 더 끔찍하게 귀신 들린 사람을 본 적이 있습니까?"

막 대답하려는데 밖에서 발소리가 들렸고, 내가 미처 대답하기도 전에 메이시가 서둘러 방으로 들어왔다.

"이 신사분에게," 메이시의 태도 변화를 눈치채지 못하고그가 말했다. "자네가 어떻게 나를 버리고 현재 주인에게 가게 되었는지 말하고 있었네."

메이시가 걱정스러운 어조로 말했다. "그분이 더는 제 주인님으로 남아 있지 못할 듯합니다."

의사는 순간 다리에 힘이 풀렸다. "뭐! 더 심해졌다고?"

"선생님, 죽어가는 듯합니다." 메이시가 대답했다.

"나와 함께 갑시다, 선생." 의사가 말했다. "안정을 유지할 수 있다면 당신은 큰 도움이 될 겁니다." 의사가 모자를 고쳐 썼고, 몇 분 후 우리는 보상 하우스에 도착했다. 몇 초가 더 지나자 1층의 어두운 방에 서 있는 내 눈앞에 조금 전 들었던 이야기 속의 그 남자가 창백하고 쇠약해진 모습으로 침대에 누워 죽어가는 모습이 보였다.

방으로 들어갔을 때 그는 눈을 감은 채 누워 있었고, 나는 그의 이목구비를 살필 기회를 얻었다. 그의 얼굴에는 엄청난 고통의 이야기가 고스란히 새겨져 있었다. 정밀하게 대칭을 이룬 그의 이목구비에는 아름다움을 잃지 않은 섬세한 세련미가 있었다. 하지만 그의 이목구비에는 힘이 없었다. 그 남자의 비참한 삶을 초래한 결함—어쩌면 범죄—이 그 힘과 기백의 결여에서 비롯되었는지도 모른다. 그가 범죄를 저질렀을까? 마땅히 대가를 치러야 할 어떤 일을 저지르지 않고도 그가 평생 이토록 끔찍한 고통을 겪을 가능성은 거의 없어 보였다. 우리는 곧 그가 어떤 잘못을 저질렀는지 알게 될 것이다.

잠든 사람은 특별히 깊이 잠들지 않는 한 누군가가 서서 지켜보는 것만으로도 잠에서 깨어나는 경우가 종종 있다. 이 것이 지금 우리에게 일어난 일이다. 우리가 그를 바라보며 서 있는데, 잠자던 남자가 갑자기 깨어나더니 우리를 뚫어지게 쳐다보았다. 그가 힘없이 손을 뻗어 의사의 손을 잡았다. "누 구예요?" 그가 나를 가리키며 물었다.

"이분이 가길 원하나? 이 신사는 자네의 고통을 잘 알고 자네의 증세에 대해서도 깊은 관심이 있네. 하지만 자네가 원 하면 우리를 떠날 거야." 의사가 대답했다.

"아니, 그냥 있게 하세요."

눈에 띄지 않게 조심하며 나는 이어지는 상황을 계속 관찰 하고 들을 수 있는 곳에 자리를 잡았고, 가든 박사와 존 메이 시는 침대 옆에 머물렀다. 잠시 침묵이 흘렀다.

"거울이 필요해요." 스트레인지 씨가 두서없이 말했다.

그의 말에 우리 모두 흠칫 놀랐다. "저는 죽어가고 있습니 다." 스트레인지 씨가 계속 말했다. "제 부탁을 들어 주지 않 겠습니까?"

이 말을 듣자마자 가든 박사가 메이시에게 속삭였고, 메이 시는 곧바로 방을 나갔다. 그는 타원형 액자 거울을 손에 들 고 근처 이웃집에서 재빨리 돌아왔다. 병든 남자는 거울을 보자마자 몸을 떨었다.

"내려놔요." 그가 힘없이 말했다. "아무 데나, 일단."

그 긴장된 순간에 우리 중 누구도 감히 말을 할 수가 없었다고 생각한다.

병든 남자는 몸을 일으키려 애썼다. "일어설 수 있게 도와주세요." 그가 부탁했다. "누워서는 말하기가 힘듭니다. 할 말이 있어요."

우리는 그가 머리와 몸을 지탱하도록 뒤쪽에 베개를 놓아주었다.

병든 남자는 할 말을 다시 고심하는 듯 잠시 멈칫하다가 "나중에 쓸 일이 있습니다"라고 말하며 거울을 향해 고개를 끄덕였다. "보고 싶어요…." 생각이 바뀐 듯 그가 말을 멈추었다. 남자는 말을 아꼈다. 침묵이 흐른 뒤 그가 다시 입을 열었다. "모든 것을 털어놓고 싶어요." 그러더니 갑자기 모든 용기를 그러모은 듯 다시 이야기를 시작했다.

"저는 아내를 소중히 여겼습니다. 아내의 이름은 루시였고, 영국인이었습니다. 결혼 후 우리는 오랜 세월을 해외에서 살았습니다. 이탈리아였지요. 아내는 이탈리아를 정말 좋아했고, 저도 아내가 아끼는 것을 사랑하게 되었습니다. 아내가 그림을 좋아해서 저는 아내에게 가정교사를 소개해 주었습니다. 이탈리아 남자였는데, 이름은 밝히지 않겠습니다. 우리는 그를 '스승님'이라고 불렀습니다. 하지만 이 교활한 남자는 아내의 스승이라는 지위를 악용해 아내를 속여 아내가 그 교활한 남자와 사랑에 빠지게 했습니다.

"숨이 차는군요. 제가 어떻게 그 진실을 알게 되었는지는 자세히 설명하지 않겠지만, 어쨌든 진실을 알게 되었습니다. 우리가 스케치 여행을 떠났을 때였습니다. 분노가 저를 집어삼켰습니다. 그리고 그런 제 광기를 부추기는 사람이 주변에 있었습니다. 제 아내는 하녀를 한 명 두었는데, 하녀도 그 스승과 사랑에 빠졌다가 그에게 냉대받고 버림받은 듯했습니다. 하녀는 자신이 두 사람 사이를 오가며 편지를 전달했다고 말했습니다. 이탈리아의 황량한 산속 마을에 밤이 깊었을 무렵 하녀가 스승님이 자기 방에서 아내에게 편지를 쓰고 있다고 알려주더군요.

"그 말을 듣는 순간 걷잡을 수 없는 광기가 저를 집어삼켰습니다. 타고난 복수심이 활활 불타올랐고, 그 순간 복수에 대한 갈증은 끝이 없었습니다. 그 황량한 지역을 여행하는 동안 저는 무장하고 있었는데, 그자가 아내에게 편지를 쓴다는 말을 듣고는 본능적으로 권총을 집어 들었습니다. 돌이켜보면, 권총 두 자루를 모두 챙긴 사실에 위안을 얻습니다. 아마도 그 순간에는 그와 정정당당하게 맞서 싸우려는 의도였을 겁니다. 솔직히 이제는 제 진짜 의도가 무엇이었는지도 모르겠습니다. 그저 '그가 지금 자기 방에서 부인에게 편지를 쓰고 있어요'라고 하는 여자의 말만 제 귓가에 쩌렁쩌렁했을 뿐입니다."

병든 자가 숨을 고르기 위해 잠시 멈추었다. 2분 정도밖에 안 되었지만, 그가 다시 말하기까지 그 2분이 한 시간처럼 길게 느껴졌다.

"저는 그의 방에 몰래 들어가는 데 성공했습니다. 실제로 그는 자신이 하는 일에 완전히 몰두해 있었습니다. 방 안의 유일한 테이블에 앉아 촛불 하나에 의지한 채 간이 책상에서 글을 쓰고 있었습니다. 그 가구는 투박한 화장대였는데, 그의 바로 앞에, 바로 앞에는 거울이 있었습니다.

"그가 희미한 촛불에 의지해 자리에 앉아 편지를 쓸 때 제가 그의 등 뒤로 몰래 다가갔습니다. 어깨 너머로 편지가 눈에 들어왔습니다. '사랑하는 루시, 내 사랑'이라는 말로 시작했습니다. 그 글을 읽으며 오른손에 쥐고 있던 권총의 방아쇠를 당겼고, 그의 삶을 끝냈습니다…. 그가 마지막 숨을 거두기 전 고개를 들어 거울에 비친 제 모습을 한 번 쳐다보았습니다. 그 얼굴, 그 표정이 제 기억 속에 아로새겨져 그 후 끊임없이 저를 괴롭혔고, 제 얼굴은 제게서 사라졌습니다."

그 남자는 지쳐 쓰러졌고, 우리 모두 그가 움직이지 않고 누워 있었기 때문에 그가 죽었을지도 모른다는 생각에 가까이 다가갔다.

아직 마지막 숨을 거두지 않았다. 그는 각성제의 도움으로 다시 회복했고, 미약하나마 무슨 말을 하려고 시도했고, 이따금 그의 입에서 우리가 알아들을 수 없는 말이 흘러나오기도 했다. 하지만 우리는 그가 이탈리아 법정에서 재판을 받았고, 유죄 판결을 받은 사실을 용케 알아들었다. 그의 사건에는 정상 참작할 만한 사유가 있었고, 그의 중얼거림에서 유추한 바에 따르면 형량은 징역 2년으로 감형되었다. 부인에 대해서도 말했지만, 그의 말을 이해하기는 어려웠다. 하지만 유언장에 부인을 위한 조항을 만들었다고 의사에게 소곤거리는 그의 말을 통해 아직 부인이 살아 있다는 사실을 알 수 있었다.

이야기를 마친 후 한 시간 넘게 잠에 빠져들었던 그가 우리가 처음 방에 들어갔을 때처럼 갑자기 잠에서 깨어났다. 불안한 표정으로 사방을 둘러보던 그의 시선이 거울에 꽂혔다.

"이리 줘요." 그가 서둘러 말했다. 나는 거울이 점점 가까워지는데도 그가 움찔하지 않는 모습을 지켜보았다. 메이시가 어린아이처럼 눈물을 흘리며 거울을 손에 들고 다가가자 앞으로 나온 가든 박사가 그와 그의 주인 사이에서 불쌍한 스트레인지 씨의 손을 잡았다.

"이게 현명한 일인가?" 그가 물었다. "자네 인생이 거의 끝나가는 시점에 굳이 그 비참한 기억을 되살리는 것이 적절하다고 생각하나? 자네의 형벌은 가혹해." 그가 엄숙하게 덧붙였다. "우리 모두 하느님의 자비로 자네에게 내려진 그 모든 형벌이 끝나기를 바라네."

죽음을 눈앞에 둔 남자는 마지막으로 몸을 일으키려고 안간힘을 쓰다가 우리 중 누구도 본 적 없는 표정으로 의사를 쳐다보았다.

"저도 그러기를 바랍니다." 그가 힘겹게 말했다. "하지만 제게 한 가지만 허락해 주세요. 제가 다시 한번 제대로 보게 된다면 저는 더 큰 희망을 품을 테고, 그것을 좋은 징조로 받아들이겠습니다."

의사는 죽어가는 남자의 말을 듣고 조용히 뒤로 물러났고, 늙은 하인이 다가가 주인이 보는 앞에서 조심스럽게 몸을 굽혀 거울을 들었다. 잠시 후 주위에 모여 숨을 죽이고 지켜보던 우리는 그의 얼굴에 순수한 기쁨의 표정이 번지는 것을 보았고, 오랫동안 그를 괴롭혔던 그 얼굴이 마지막 순간에 사라졌음을 추호의 의심도 없이 확신했다.

4번 지선

—

출장 우체국

수년 전, 이 노선이 생기기 훨씬 전에, 나는 런던에서 우리가 페이즐리라고 부르게 될 미들랜드 카운티의 한 마을까지 철도를 따라 운행하는 출장 우체국에서 우편 사무원으로 근무했다. 내 임무는 오후 여덟 시 15분에 페이즐리를 출발해 자정 무렵 런던에 도착한 후 다음 날 아침 주간 우편 열차를 타고 다시 페이즐리로 돌아오는 것이었다. 그 후 나는 페이즐리에서 방해받지 않고 밤에 휴식을 취했고, 다른 직원이 같은 업무를 맡았다. 이렇게 격일로 저녁마다 나는 철도 우체국 화물칸에서 근무했다. 처음에는 경이로운 속도로 다리 밑과 터널을 질주하는 기차에서 일하는 동안 약간의 긴장감과 몸이 떨리는 고통을 경험했지만, 얼마 지나지 않아 손과 눈이 객차의 움직임에 적응했고, 처음 일을 배운 작은 마을의 우체국에서와 마찬가지로 효율적이고 쉽게 업무를 수행할 수 있었다. 그리고 지역 감독관인 헌팅던 씨의 입김 덕에 승진했다. 업무는 곧 일상이 되었고, 매일 밤 후배 직원과 지루할 틈 없이 똑같은 임무를 수행했다. 철도 우체국은 아직 지금처럼 광범위하지 않았기 때문에 우리에게 큰 요구는 없었다.

우리 노선은 작은 마을이 옹기종기 모여 있는 시골 지역을 통과했는데, 각 마을에는 분류할 우편 자루가 두세 개밖에 없었다. 하나는 런던으로, 다른 하나는 카운티로, 나머지 하나는 철도 우체국으로 보내는 것이었다. 직접 개봉해서 각각의 주소에 따라 내용물을 분류하는 것이 우리의 담당 업무였다. 이런 작은 사무소에는, 지금도 일반적으로 그렇듯이, 여성이 우편 사무원으로 일하는 경우가 많았다. 명목상 우체국장의 딸이나 친척이 우체국 업무의 대부분을 도맡아 처리하는 것은 물론이고 우편물 처리에 필요한 각종 청구서에 서명하는 일이 잦았다. 젊은 시절, 지금은 덜 하지만, 여성의 손 글씨에 호기심이 많았던 때가 있었다. 그 시절, 직접 본 적은 없지만, 친근하게 느껴지는 손 글씨를 가진 가족이 있었다. 그가족의 서명은 우아하고 세련되었으며 서체가 매우 정갈해서 다른 사람들이 마구 휘갈겨 쓴 형편없는 글씨체와는 극명하게 대조를 이루었다. 어느 새해 전날 밤, 나는 잠시 감상에 젖어 그들이 일하는 우체국으로 보낼 편지 뭉치를 묶은 종이 위에다 다음과 같이 적었다. '여러분 모두 새해 복 많이 받으세요.' 다음 날 밤, 클리프턴이라는 성을 가진 세 자매가 보낸 것으로 추정되는 답장을 받았다. 그날 이후 우리는 때때로 짧은 문장을 주고받았고, 아직 한 번도 만날 기회는 없었지만, 그녀들에 대한 친밀감과 우정은 무럭무럭 자라났다.

이듬해 10월 말, 나는 영국 정부의 수반이 우리 철도 노선에 자리 잡은 마을 인근 한 귀족의 저택을 방문한다는 사실을 알게 되었다. 총리에게 전달되어야 할 모든 공문서가 담긴 총리의 공문서 송달함은 관례에 따라 우체국의 책임 아래 총리와 국무장관 사이를 오가며 안전하게 전달되었다. 당시 유럽 대륙은 전쟁 발발의 가능성이 크게 점쳐지는 등 매우 불안정한 상태였고, 정부 관리들이 여러 이유로 전국 각지에 흩어져 있었기 때문에 송달함을 보호해야 하는 책임에 대한 나의 관심은 더욱 고조되었다. 크기와 형태 면에서 화려하고 광택이 도는 나무 상자가 등장하기 이전에 여성들이 사용하던 오래

된 반짇고리를 연상하게 하는 이 송달함은 붉은 모로코산 가죽으로 에워싸였고, 옛날 상자처럼 자물쇠와 열쇠를 사용해 잠그는 방식이었다. 처음 이 상자가 내 손에 들어왔을 때 나는 매우 특별한 주의를 기울였다. 무엇보다 뚜껑 한쪽 모서리에 새겨진 예리한 철 펜으로 살짝 그려 넣은 듯한 특이한 문양이 내 시선을 끌었다. 아마도 누군가가 주의가 산만하거나 온전히 집중하지 못할 때 종이에 끼적이거나 낙서하듯 무심코 새긴 듯했다. 단검으로 심장을 찌르는 전통적인 상징이었다. 누가 긁어놓았을까. 총리나 장관 중 누군가가 붉은 모로코산 가죽에 그 흔적을 남겼을 것이다.

이 상자는 약 열흘 동안 오르내렸고, 마을에는 총리가 머무는 인근 저택의 우편자루와 송달함을 제외하면 런던으로 가는 우편물이 그리 많지 않았기 때문에 직접 출장 우체국에 전달되었다. 그 지역에 머무는 총리의 존재에 대한 경의의 표시로 열차는 속도를 늦추는 데 그치지 않고 완전히 정차했다. 이는 총리의 신뢰할 만하고 내밀한 메신저가 중요한 상자를 내 손에 직접 넘겨주어 완전한 안전을 보장하기 위함이었다. 나는 누군가가 고용되어 런던으로 가는 기차에 동승했을지도 모른다는 막연한 의심을 품었다. 그 이유는 서너 차례 유스턴 광장에서 이국적인 이목구비를 지닌 낯선 신사를 마주쳤기 때문인데, 그는 우체국 차량과 가장 가까운 객차 문에 서서 내가 보관하던 무거운 우편 자루가 중앙우체국 직원에게 전달되는 모습을 지켜보곤 했다. 나는 이 불필요한 경계에 재미를 느끼면서도 한편으로는 짜증이 났지만, 그가 외국인임을 짐작하게 하는 거무스름한 안색을 지녔고 램프 불빛에서 얼굴을 멀리한 사람이라는 점 말고는, 그에게 더는 관심을 기울이지 않았다. 이런 세부적인 사항들을 빼면, 총리실 송달함은 내가 맡은 다른 업무보다 더는 나의 관심을 끌지 못했다. 꽤 오랫동안 기계적인 방식으로 업무를 수행해 온 나는 점차 미지의 친구인 클리프턴 가족과 함께 즐길 거리를 찾아봐야겠다고 생각했다. 기차가 클리프턴 가족이 사는 마을에서 약 1마일 떨어진 역에 정차했을 때 나는 이렇게 생각하고 있었고, 그 마을의 우체부가 아주 무뚝뚝한 태도로 우편자루를 내려놓았다. 그중에는 내 앞으로 온 편지도 있었다. 'On Her Majesty's Service'[1]라는 공문서 무료 송달 표시가 찍힌 봉투 안에는 접힌 종이에 '월콕스 씨에게 이튼 우체국장의 딸이 런

---

1   영국에서 공용으로 쓰이는 공문서 등의 무료 송달 표시. 약어로 O.H.M.S.

던행 열차를 타고 여행하는 동안 철도 우체국의 업무를 참관하도록 허용해 주길 요청합니다'라는 공식 명령이 담겨 있었다. 필체는 한눈에 보아도 감독관의 직원 중 한 명의 것이었고, 서명은 헌팅던 씨의 것이었다. 열차가 출발을 알리는 요란한 소리와 함께 증기를 뿜어내자 공식 명령문을 소지한 사람이 문 앞에 도착했다. 내가 손을 내밀자 젊은 여성이 민첩하고 능숙하게 우편 수송 칸에 올라탔다. 그렇게 우리는 다시 한번 자정에 여행을 떠났다.

그녀는 작고 연약한 존재였고, 성인 여성으로 느껴지지 않을 만큼 앳되고 가냘팠다. 그녀의 짙은 색 드레스는 평범하고 단정했고, 얼굴을 약간 가린 베일 끈이 턱 아래에 묶여 있었다. 느슨하게 풀려 목 아래로 아름답게 물결치듯 흘러내린, 거의 노란색에 가까운 머리카락은 보는 이의 시선을 사로잡았다. 그녀의 자유롭고 유쾌한 태도는 결코 주제넘거나 지나치지 않았고, 불과 몇 분 만에 그녀의 존재를 세상에서 가장 자연스러워 보이게 했다. 편지를 분류하는 상자들 앞에 서 있는데, 그녀가 내 옆에 서서 대화하듯 질문을 던졌고, 나는 마치 유스턴 광장 역까지 야간 우편물과 함께 여행하는 것이 흔한 일인 듯이 대답했다. 바보같이 이튼에 사는 미지의 친구들을 좀 더 일찍 방문할 기회를 만들지 못한 나 자신을 탓할 뿐이다.

"그러면," 나는 그녀 앞에 그녀의 가족이 일하는 우체국에서 온 우편물 확인서를 내려놓으며 물었다. "나에게 익숙한 서명 중 어느 것이 당신 서명인가요? A. 클리프턴, M. 클리프턴, S. 클리프턴?" 그녀는 얼굴을 붉히며 잠시 망설이다가 아이처럼 순수한 눈빛으로 내 눈을 바라보았다.

"A. 클리프턴이에요." 그녀가 대답했다.

"이름이?" 내가 물었다.

"앤이에요." 그녀가 대답했다. 그리고 나서 "런던을 방문하는 길에 우체국이 어떻게 운영되는지 참관하면 좋겠다고 생각했어요"라고 말했고, 자신이 왜 여기에 있는지 열심히 설명하는 듯했다. "헌팅던 씨가 우리 사무실을 둘러보러 와서 공식 명령문을 발부해 주기로 했어요."

헌팅던 씨가 워낙 엄격하기로 유명한 분이라 놀랐지만, 옆에 있던 여성의 천진난만한 얼굴을 보고는 평소 규칙을 벗어난 그의 예외 적용을 인정할 수밖에 없었다.

"저와 함께 여행할 줄 알았습니까?" 내가 조용한 목소리로 물었다. 내 반대편에 후배인 톰 모빌이 서 있었기 때문이다.

"월콕스 씨와 함께 갈 줄 알았어요." 그녀의 미소에 내 몸이 전율했다.

"한참 동안 편지를 안 썼더군요." 내가 원망스럽게 말했다.

"말 그만하고 일에 집중해야겠어요. 그렇지 않으면 실수할 거예요." 그녀가 장난스럽게 대답했다. 그녀의 말은 사실이었다. 잠시 한눈을 파는 사이 편지를 뒤섞어 버리고 말았다.

저택에서 보낸 우편 자루를 받을 작은 역에 가까워지자 기차의 속도가 느려지기 시작했다. 클리프턴 양은 자연스러웠지만, 수줍어하는 기색이 역력했다.

"제가 숨을 곳은 없나요?" 그녀가 걱정스러운 표정으로 물었다. "플랫폼에서 우편 수송 칸에 여자가 탄 걸 보면 이상하게 생각할 거예요. 제가 우체국장의 딸이고 헌팅던 씨의 공식 요청을 받았다는 사실을 모를 테니까요."

오늘날의 출장 우체국처럼 시설이 잘 갖춰지지 않았던 우편 수송 칸의 구조를 간략하게 설명하겠다. 우편 수송용 칸은 양쪽을 다 사용하도록 설계되었으며 양쪽의 우측 구석에 문이 있었다. 각각의 문에는 약 2피트 폭으로 일종의 가림막 역할을 하는 우편함이 배치되어 있어서 사람들은 한 번에 칸 전체를 볼 수 없었다. 따라서 칸의 맨 끝에 달린 문은, 당시에는 사용하지 않던 문으로, 짙은 어둠에 휩싸였고, 그 문 앞의 가림막은 클리프턴 양처럼 작은 체구의 사람이 호기심에 찬 눈을 피해 쉽게 몸을 숨길 수 있는 작은 틈새 공간으로 변모했다. 열차가 조명이 켜진 플랫폼에 들어서기 전 그녀는 나를 제외한 다른 사람의 눈에 띄지 않도록 조심스럽게 틈새에 자리를 잡았다. 그녀는 장난스러운 미소를 지으며 앞으로 몸을 숙이고 손가락을 입술에 대고는 우체부가 나에게 총리의 송달함을, 톰 모빌에게는 저택의 우편자루를 건네는 모습을 지켜보았다.

우리가 다시 움직이기 시작하고 클리프턴 양이 은신처에서 벗어나자마자 내가 총리의 송달함을 가리키며 말했다. "저거 국무장관 앞으로 가는 거예요. 국가 기밀이 들어 있는데, 숙녀분들은 비밀을 좋아하지요."

클리프턴 양은 그 상자가 인상적이지 않은 듯 어깨를 으쓱하며 대답했다. "저는 정치에 대해 잘 몰라요. 그리고 전에도 그 상자가 우리 우체국을 몇 번 통과했어요."

"그 위에 새겨진 이 표시를 본 적 있나요?" 내가 상자의 문양을 가리키며 물었다 "단검에 찔린 심장 말이에요." 그런 다음 그녀에게 더 가까이 다가가서는 두 번 다시 입에 올리기도 민망한 바보 같은 소리를 했다. 클리프턴 양은 고개를 돌리고 입술을 삐죽 내밀었지만, 내게서 상자를 빼앗아 칸 반대편에서 가장 가까운 램프 옆으로 가져가서는 가림막 옆 작업대 위에 올려놓았고, 나는 더는 생각하지 않았다. 솔직히 말해 이만큼 즐거웠던 적은 없었다. 그녀는 젊음의 활력과 쾌활함, 그리고 유머로 가득 차 있었다. 우편물 수거를 위해 잠시 멈춘다고 알릴 때마다 몸을 숨기려고 애쓰는 모습은 즐거움을 더해주었다.

마지막 정차역인 왓퍼드를 지나고 나서야 우리가 예정보다 많이 늦은 사실을 깨달았다. 클리프턴 양 역시 조금 전의 유쾌함은 온데간데없고 진지한 표정으로 작업대 끝에 조용히 앉아 있었다. 얼핏 보기에 자신의 행동을 반성하는 듯했다. 나는 유스턴 광장 역에 도착할 때까지 더는 역에 정차하지 않을 거라고 말했는데, 기차의 속도가 점차 느려지더니 멈추는 듯한 기분이 들어서 깜짝 놀랐다. 창밖으로 몸을 내밀고 뒤쪽 칸에 탄 승무원을 불렀고, 그는 앞쪽 선로에 장애물이 있을 수 있어서 1~2분 후에 다시 움직인다고 설명했다. 나는 돌아서서 이 사실을 동료와 클리프턴 양에게 전달했다.

"여기가 어딘지 아세요?" 그녀가 겁에 질린 목소리로 물었다.

"캠턴 타운입니다." 내가 대답했다. 그녀가 바로 일어나더니 내 쪽으로 걸어왔다.

"제 친구 집이 근처예요." 그녀가 말했다. "제가 운이 좋았네요. 역에서 걸어서 5분이면 도착하거든요. 친절하게 대해줘서 정말 감사해요, 윌콕스 씨. 이제 작별 인사를 해야겠어요."

그녀는 긴장한 듯했고, 내가 자신이 내리는 것을 말릴까 두려운 듯 매력적인 방식으로 작은 두 손을 내게 내밀었다. 나는 그녀의 두 손을 과하다 싶을 만큼 꽉 쥐었다.

"이 시각에 당신 혼자 가는 게 마음에 걸리지만," 내가 말했다. "어쩔 수 없군요. 정말 즐거운 시간이었습니다. 내일 아침에 방문해도 될까요? 열 시 30분에 런던을 떠나거든요. 아니면 수요일은 어떤가요? 언제 방문하면 좋을까요?"

"오." 그녀가 고개를 숙이며 대답했다. "모르겠어요. 당신이 얼마나 친절하게 대해줬는지 어머니에게 편지를 쓸게요. 하지만 저는 가봐야 해요, 윌콕스 씨."

"당신이 혼자 가는 게 마음에 걸립니다." 내가 재차 말했다.

"아, 저 길 잘 알아요." 그녀가 여전히 당황하며 대답했다. "바로 근처예요. 안녕히 가세요."

그녀는 가볍게 객차에서 내렸고, 열차는 즉시 운행을 재개했다. 예상대로 우리는 엄청나게 바빴다. 5분 뒤면 유스턴 광장에 도착할 예정이었지만, 아직 15분 정도의 작업이 남아 있었다. 클리프턴 양과 함께 보낸 시간이 즐거웠더라도 나는 헌팅던 씨와 일반적인 절차를 무시한 그의 태도에 질색하며 클리프턴 양을 마음속에서 억지로 밀어냈다. 나는 온 힘을 다해 런던으로 가는 등기 우편물을 재빨리 모아 우편물 청구서와 함께 묶은 다음 곧장 송달함을 가지러 작업대 구석으로 향했다.

나의 심술궂은 불운을 이미 짐작했는가? 총리의 송달함이 거기에 없었다. 처음 1분 정도는 놀란 가슴을 쓸어내리며 바닥, 가방 아래, 상자, 그리고 그것이 떨어졌거나 놓여 있을 만한 곳을 모조리 둘러보았다. 내가 정신없이 수색하는 동안 기차는 유스턴 광장에 도착했고, 나의 불안감은 점점 커졌다. 톰 모빌도 나와 함께 필사적으로 수색에 나섰고, 포장되어 밀봉된 모든 가방을 샅샅이 뒤졌다. 하지만 그 상자는 자그마한 나침반에 들어갈 만큼 작은 물건이 아니었다. 길이가 12인치에 달하고 둘레는 그보다 훨씬 컸다. 둘 다 최선을 다했지만, 그 상자는 어디에서도 찾을 수 없었다. 그야말로 기절할 지경이었다.

그러자 톰 모빌이 "클리프턴 양이 가져갔을 가능성이 있을까요?"라고 제안했다.

"아니." 나는 분개하면서도 조심스럽게 대답했다. "클리프턴 양이 그 송달함처럼 큰 물건을 우리 몰래 가져갔을 가능성은 거의 없어. 우리 주머니에 들어갈 만한 크기도 아니고, 톰, 그녀는 몸에 꼭 맞는 옷을 입고 있었어. 그 정도 크기의 물건은 숨길 수 없을 거야."

"맞아요, 그녀가 가져갔을 리 없어요." 톰이 동의했다. "그렇다면 이 근처 어딘가에 있을 거예요." 우편 수송 칸을 샅샅이 뒤졌지만, 모든 노력은 헛수고로 돌아갔다. 총리의 송달함이 사라졌다. 우리는 충격에 휩싸여 서로를 바라볼 수밖에 없었다. 하지만 세인트 마틴 르 그랜드의 우체부들이 우편물을 수거하러 왔기 때문에 당황한 순간도 잠시 어안이 벙벙한 상태에서 작업을 마무리하고 우편물을 전달했다. 일이 끝나고 우리는 다시 한번 서로를 마주 보았다. 얼굴이 두려움으로 창백해졌다. 이전의 모든 사고와 실수는 그 일에 비하면 그야말로 아주 사소해 보였다. 내 시선이 바닥에 떨어진 종잇조각들 사이에 놓인 헌팅던 씨의 명령서에 꽂혔다. 나는 그것을 집어 들고 공식 직인이 찍힌 봉투와 함께 조심스럽게 주머니에 넣었다.

톰이 짐꾼들의 호기심 어린 시선을 의식하며 말했다. "여기 머물러 있을 수 없습니다." 빈칸에 그토록 오래 남아 있는 것은 흔치 않은 일이었다.

"자네 말이 맞아." 갑작스러운 이성의 불꽃이 내 머릿속의 혼란을 뚫고 나왔다. "즉시 본부로 가서 모든 것을 자백해야 겠어. 이건 개인적인 문제가 아니야, 톰."

우리는 또 한 번 성과 없는 수색을 마치고 마차를 불러 최대한 빨리 중앙우체국으로 향했다. 예상대로 우체국장은 그곳에 없었지만, 우리는 시내에서 약 4~5마일 떨어진 교외에 있는 그의 집 위치를 알아냈다. 손실 범위를 최소화하기 위해 우리는 사고를 비공개로 처리하고 아무에게도 알리지 않았다. 돌이켜 생각하면 상황을 알리지 않기로 한 결정은 현명한 선택이었다.

우리는 한 번도 만날 기회가 없었던 매우 중요한 사람인 중앙우체국장의 집안사람들을 깨워야 했고, 얼마 지나지 않아 촛불 하나만 깜빡이는 불빛 아래에서 비밀리에 상황을 논의했다. 내가 이번 참사에 관해 이야기하는 동안 그의 근엄한 표정이 몇 번 바뀌었지만, 사안의 심각성이 너무 컸던지라 힐책할 엄두도 내지 못했다. 나는 우리를 바라보는 그의 눈빛에서 연민의 정이 느껴졌다고 생각했다. 잠시 고민하던 그는 국무장관 관저까지 동행하겠다는 의사를 밝혔고, 우리는 몇 분 만에 다시 런던의 반대편 끝을 향해 달려가고 있었다. 목적지에 도착했을 때는 아침 우편배달 시각이 가까웠지만, 짙은 노란 안개가 시야를 가렸고, 마차는 거의 정적 속에서 달리고 있었다. 우체국장은 물론이고 우리 둘 다 감히 말도 꺼내지 못하고 이따금 단답형 말만 주고받았다. 결국 우리는 안개에 가려진 한 주택에 도착했고, 우체국장은 거의 30분 동안 우리를 마차에 남겨 두었다. 그 후 우리는 머리가 크고 눈이 깊게 팬 작고 마른 남자가 큰 책상에 앉아 있는 방으로 불려 갔다. 소개가 없었기 때문에 누군지 짐작만 할 뿐이었다. 하지만 우리는 진술을 반복하라는 지시를 받았고, 낯선 남자는 몇 가지 예리한 질문을 던졌다. 우리는 우리가 아는 모든 것을 알려주고 싶었지만, 송달함을 분실한 사실 말고는 별다른 도움을 주지 못했다.

"그 젊은 여자가 가져간 게 틀림없어." 그가 선언했다.

"선생님, 그럴 리 없습니다." 나는 자신감 넘치면서도 정중하게 대답했다. "그녀가 입고 있던 안에 털을 댄 외투는 제가 본 중 가장 꽉 끼는 옷이었고, 작별 인사를 할 때 제게 두 손을 내밀었습니다. 그녀가 그것을 숨기는 건 불가능했을 겁니다. 제 주머니에도 들어가지 않았을 겁니다."

"그러면, 어떻게 그녀가 자네와 함께 우편 수송 칸에 타고 이동한 건가?" 그가 엄중하게 물었다.

나는 헌팅던 씨가 서명한 공식 명령서를 내밀었다. 그와 우체국장이 그것을 면밀히 검토했다.

"의심할 여지 없이 헌팅던 씨의 서명입니다." 우체국장이 말했다. "어디에서나 알아볼 겁니다. 매우 예외적인 상황입니다!"

정말 이례적인 상황이었다. 두 사람은 옆방으로 물러나 30분 정도 더 머물렀고, 다시 우리에게 돌아왔을 때 그들의 표정에는 여전히 몹시 당황한 기색이 역력했다.

"윌콕스 씨와 모빌 씨," 중앙우체국장이 진지하게 포문을 열었다. "이 사안은 엄격하게 기밀로 유지하는 것이 무엇보다 중요하네. 비밀에 대한 어떠한 언급이나 암시도 삼가야 할 걸세. 우체국에서 분실 신고를 하지 않기로 한 결정은 현명했어. 그리고 송달함은 목적지로 직접 배달하라는 지시를 받았다는 사실을 알려주겠네. 이제 자네의 임무는 그 젊은 여자를 찾아서 오늘 저녁 여섯 시까지 중앙우체국에 있는 내 사무실로 데려오는 거야. 다른 필요한 조치에 관해서는 자네가 신경 쓸 일이 아니야. 아는 게 적을수록 자신을 위해 더 좋은 법이지."

그의 공식적인 눈빛에서 엿보인 또 한 번의 동정심이 우리의 기분을 곤두박질치게 했다. 우리는 재빨리 자리를 떠났고, 직감에 따라 우리의 행동 방침을 정했다. 톰 모빌은 캠던 타운으로 가서 클리프턴 양을 일일이 수소문하고, 나는 기차를 타고 이튼으로 내려가 그녀의 부모로부터 정확한 주소를 알아내기로 했다. 그리고 우리는 내가 그때까지 도착할 수 있다면 다섯 시 반에 중앙우체국에서 만나기로 합의했다. 그렇지 않으면 톰이 중앙우체국장에게 보고하고 나의 부재를 설명하기로 했다.

이튼역에 도착한 나는 다음 기차가 도착하기까지 45분밖에 남지 않은 사실을 깨달았다. 마을은 거의 1마일이나 떨어져 있었지만, 가능한 모든 방법을 동원해 서둘러 도착했다. 예상대로 서점에 붙어 있는 우체국을 찾았고, 친절한 노부인이 계산대 뒤에 앉아 있었다. 키가 크고 머리가 검은 소녀도 약간 보이지 않는 곳에서 일하고 있었다. 나는 곧바로 인사를 건넸다.

"저는 철도 우체국에서 일하는 프랭크 윌콕스라고 합니다. 부인에게 몇 가지 정보를 요청하려고 막 이튼으로 달려왔습니다." 내가 먼저 말을 꺼냈다.

"그렇군요. 당신 이름은 잘 알고 있습니다." 그녀의 따뜻한 대답에 나는 기분이 한결 좋아졌다.

"캠던 타운에 가 있는 앤 클리프턴 양이 머무는 곳의 주소를 알려주겠습니까?" 내가 물었다.

"앤 클리프턴 양이요?" 여자가 갑자기 목청을 높였다.

"네, 따님으로 압니다. 어젯밤에 런던으로 올라갔지요."

"내게는 앤이라는 이름의 딸이 없습니다." 그녀가 대답했다. "내가 앤 클리프턴이고 딸의 이름은 메리와 수잔입니다. 이쪽이 내 딸 메리예요."

키가 훤칠한 짙은 갈색 머리의 여성이 자리에서 일어나 어머니 옆에 섰다. 앤 클리프턴이라는 이름으로 나와 함께 런던으로 간 그 자그마한 체구의 금발 여성과는 매우 달랐다.

"부인," 나는 제대로 말을 잇지 못한 채 간신히 물었다. "다른 딸은 이 아가씨와 정반대의 작은 체구입니까?"

"아니요." 그녀가 껄껄 웃었다. "수잔은 메리보다 키도 크고 피부색도 짙어요. 애야, 수잔 좀 불러오렴."

순식간에 수잔 양이 우리와 합류했고, 나는 A. 클리프턴, S. 클리프턴, M. 클리프턴을 만나는 기쁨을 누렸다. 내가 그들의 이름으로 여행한 젊은 여성에 대해 설명했을 때, 그들 모두는 마을에서 내 설명과 일치하는 사람은 물론이고 런던을 방문한 사람조차 떠올리지 못했다. 나는 시간이 촉박해서 서둘러 역으로 돌아갔고, 플랫폼에서 출발하는 기차를 겨우 잡을 수 있었다. 그리고 약속대로 정해진 시각에 중앙우체국에서 모빌을 만났다. 그는 기다란 중앙우체국장실 통로를 지나 대기실에서 초조하게 나를 기다리고 있었다. 안타깝게도 수색에는 실패했지만, 캠던 타운 역의 짐꾼과 경찰이 전날 밤 한 젊은 여성이 외국인으로 보이는 거무스름한 남자와 함께 작은 검은색 가방을 들고 역을 빠져나가는 것을 목격한 사실을 알아냈다.

우리가 얼마나 오래 기다렸는지 이제는 기억이 가물가물하다. 종일 내 머릿속을 가득 채운 문제에 골몰하느라 집중력과 사고력이 점점 떨어지고 있었다. 스물네 시간 동안 아무것도 먹지 않은 데다 서른여섯 시간 동안 잠을 청하지 못한 탓에 온몸의 신경이 계속 곤두서 있었다.

마침내 우리는 안쪽 방으로 안내되었다. 방 안으로 들어서자 다섯 명의 저명한 신사분들이 테이블에 둘러앉아 수많은 서류를 뒤적이고 있었다. 그중에는 그날 일찍 만난 국무장관과 우리의 중앙우체국장, 그리고 헌팅던 씨도 함께 있었다. 세련된 우아함을 풍기는 네 번째 사람은 다름 아닌 총리였다. 그리고 다섯 번째 참석자는 존경하는 체신 장관[1]이었다. 나에게는 위엄 있는 자리였기에 깊이 고개를 숙였지만, 머리가

---

1 영국의 우정국 총재를 말하며 1969년까지 체신 장관으로 불렸다.

핑 돌고 목이 탔다.

"윌콕스 씨," 중앙우체국장이 말했다. "오늘 아침 내게 보고한 손실 상황을 다시 한번 이 신사분들에게 설명해 주게."

나는 의자 등받이에 손을 얹고 몸을 진정시키며 그 젊은 여성에게 했던 여러 가지 말은 건너뛰고 세 번째로 이야기를 반복했다. 그러고 나서 이튼에 다녀온 이야기를 추가하고, 런던까지 가는 길에 동행한 여성이 그녀가 주장한 사람이 아니라는 확신을 전했다. 그리고 형언할 수 없는 불안감으로 헌팅던 씨의 지시가 위조된 것이 아닌지 물었다.

"윌콕스 씨, 나도 정말 당혹스럽네." 그 신사는 명령서를 손에 들고 매우 혼란스러운 표정을 지으며 살펴보았다. "다른 문서에 첨부했다면 분명 내 것이라고 맹세했을 걸세. 포브스의 필체를 위조하기는 쉽지 않다고 생각하지만, 잉크는 내 것이야. 그리고 내 서명은 매우 특별하고 독특해."

서명 아래에 채찍의 가죽끈이 가운데에 휘감긴, 채찍 손잡이와 다를 바 없는 장식체로 된 그의 서명은 고풍스럽고 독특했다. 그렇더라도 그 서명을 위조할 수 없는 것은 아니라고 내가 겸손하게 의견을 제시했다. 헌팅던 씨가 자신의 이름을 적었고, 몇몇 신사분들이 이 소용돌이 모양의 장식 서체를 흉

내 내려고 시도했지만, 아무 소용이 없었다. 그들은 빙그레 웃으며 작업을 포기했다.

"윌콕스 씨, 이 사실을 아무에게도 말하지 않았나?" 중앙 우체국장이 물었다.

"단 한마디도 하지 않았습니다, 국장님." 나는 그를 안심시켰다.

"비밀은 반드시 지켜져야 하네. 해외 지점에 나가 있으면 그나마 그 일을 입에 올리고 싶은 유혹에서 벗어날지도 몰라. 마침 알렉산드리아의 우편취급소에 공석이 있으니 즉시 자네를 그곳에 임명하도록 하겠네."

이와 같은 보직은 당시 내 상황에서 상당히 좋은 기회였고, 더 나은 자리를 차지할 가능성이 컸다. 하지만 몸에 마비가 와서 그저 병상에 누워 나와 한 지붕 아래 사는 것 말고는 삶의 기쁨이 없는 어머니 곁을 떠날 수 없었다. 계속 대화를 하면 할수록 머리가 어질어질했고, 모든 생각이 흐릿해졌다.

나는 더듬거리며 "저는 병상에 누워 있는 어머니를 두고 갈 수 없습니다. 제발, 제 잘못이 아닙니다." 식탁에서 흔들림과 움직임이 느껴지는가 싶더니 갑자기 시야가 흐려졌고, 잠시 후 나는 의식을 잃었다.

몇 분 후 정신을 차린 나는 헌팅던 씨가 내 옆에 무릎을 꿇은 채 머리를 받치고 있고, 중앙우체국장이 내 입술에 포도주 잔을 갖다 대는 모습을 보았다. 나는 바로 기력을 회복하고 비틀거리며 일어섰지만. 두 사람은 내가 기대고 있던 의자에 나를 다시 앉히며 말하기 전에 먼저 포도주를 다 마셔야 한다고 주장했다.

"종일 아무것도 먹지 못했습니다." 내가 힘없이 말했다.

"그러면, 자네는 당장 집으로 돌아가게." 중앙우체국장이 말했다. "하지만 조심해! 이 얘기를 절대 입 밖에 꺼내서는 안 돼. 결혼은 했나?"

"아닙니다, 국장님." 내가 대답했다.

"그렇다면 더욱더 잘 됐군." 그가 미소를 지으며 말했다. "어머니에게는 비밀로 할 수 있지? 우리의 신뢰를 저버리지 않으리라 굳게 믿네."

중앙우체국장이 벨을 눌렀고, 곧이어 직원이 나타났다. 몇 분 만에 나는 마차를 타고 런던의 숙소로 이동하고 있었다. 일주일 후 캐나다의 한 지점으로 파견된 톰 모빌은 그곳에 정착해 결혼했고, 지금까지도 자신의 직책에 만족하며 살고 있으며 가끔 편지로 나에게 소식을 전한다. 반면에 나는 10~12

개월 후 어머니가 돌아가실 때까지 내가 원한 순회 집배원 자리를 지켰다. 첫 번째 기회가 주어졌을 때 나는 책임자로 승진했다.

우편 담당 사무관의 업무 중 하나는 우체국장이 사망하거나 사임 또는 의심스러운 상황으로 정직되었을 때, 왕국 전역의 우체국을 장악하는 것이었다. 이 임무로 말미암아 헌팅던 씨가 관리하는 지역에 여러 차례 방문할 기회가 생겼다. 우리 둘 다 저도 모르게 연루된 기묘한 절도 사건을 입 밖에 꺼내지는 않았지만, 그는 나에게 특별한 친절을 베풀었고, 여러 차례 자신의 집으로 나를 초대하기도 했다. 헌팅던 씨는 혼자 살았는데, 외동딸은 헌팅던 씨가 만류하는데도 그의 직원 중 한 명인 포브스 씨와 결혼했다. 바로 이 포브스 씨가 자칭 앤 클리프턴 양이라는 사람에게서 받은 공식 명령서에 위조된 필체의 주인공이었다. (여담이지만, 클리프턴 가족과의 관계는 친밀한 우정으로 발전했고, 이 인연으로 결국 내가 메리와 약혼하고 결혼에 골인한 점을 언급하고자 한다).

내가 중앙우체국장의 개인 집으로 다시 불려 가기까지 정확히 몇 년이 지났는지는 이번 이야기의 주제와 무관하다. 다만, 나는 그곳에서 헌팅던 씨와 논의 중인 그의 모습을 발견했고, 그는 반갑게 악수로 나를 맞았다. 중앙우체국장은 당면한 문제로 넘어갔다.

"알렉산드리아 지점으로 보내준다고 했던 우리의 이전 제안을 기억하나?" 그가 물었다.

"물론 기억합니다, 국장님." 내가 대답했다.

"그 사무소가 골치 아프게 됐어." 그가 성마른 표정으로 말을 이어갔다. "불과 6개월 전에 따뜻한 기후가 절실했던 포브스 씨의 건강 상태를 고려해 그를 알렉산드리아로 파견했는데, 최근 그의 주치의로부터 앞으로 3주 이상 버티기 힘들다는 보고를 받았네."

헌팅던 씨의 얼굴에는 근심이 가득했다. 우체국장이 잠시 말을 멈추자 그가 나를 향해 고개를 돌리며 말했다.

"윌콕스 씨, 내가 개인적으로 부탁해서 자네를 우편취급소 책임자로 보내달라고 요청했네. 가까운 거리에서 내 딸의 친구가 되어 주고, 또 딸의 일을 봐주도록 말일세. 자네가 내 딸과 개인적으로 잘 아는 사이는 아니지만, 난 자네를 믿고 맡길 수 있네."

"저만 믿으면 됩니다, 헌팅던 씨." 내가 진심으로 대답했다. "포브스 부인을 돕기 위해 제가 할 수 있는 일은 무엇이든 하겠습니다. 언제 떠나면 될까요?"

"얼마나 빨리 준비할 수 있나?" 그가 물었다.

"내일 아침." 내가 대답했다.

당시 나는 미혼이었기 때문에 출발이 지연되지 않으리라 예상했다. 그리고 실제로 지연은 없었다. 나는 육로를 통해 프랑스를 거쳐 마르세유로 가서 알렉산드리아로 향하는 배를 탔고, 목적지를 알게 된 지 불과 며칠 만에 사무실에 도착했다. 그리고 도착하자마자 모든 우편 업무가 심각한 혼란과 혼돈에 빠졌다는 소식을 들었다. 포브스 씨가 지난주에 사망 직전의 심각한 상태였던 탓에 우편취급소장의 부재로 발생할 수 있는 일반적인 문제가 여기저기에서 불거져 나왔다. 나는 신임 우편취급소장으로 공식 업무를 시작했고, 직원 중 한 명의 안내를 받아 불쌍한 소장과 더 안쓰러운 아내가 사는 집으로 갔다. 내 예상을 뛰어넘은 장소에 대한 자세한 묘사는 현재 이야기와 관련이 없으니 자제하도록 하겠다. 간단히 말해 내가 포브스 부인을 만나러 간 방은 덥고 어두침침했고, 영국식 거실에서 흔히 볼 수 있는 매력적인 가구도 전혀 찾아볼 수 없었다. 그런 와중에도 나는 방 한구석에 놓인 피아노와 악보를 발견했다. 포브스 부인을 기다리는 동안 나는 어떤 곡

이 있는지 보려고 별다른 생각 없이 피아노에 가까이 다가갔다. 다음 순간 내 눈은 피아노 위에 놓인 고풍스러운 빨간색 모로코산 가죽 반짇고리에 꽂혔다. 마치 꿈을 꾸는 듯 도무지 믿어지지 않아서 상자를 희미한 빛이 비치는 창문으로 가져갔다. 내 눈앞에 가죽에 새겨진 문양, 즉 혁명의 상징인 단검이 꽂힌 심장이 선명하게 보였다. 알렉산드리아의 우편취급소 응접실에서 총리의 송달함을 발견하다니!

한동안 나는 그 자리에서 꼼짝도 하지 않은 채 방 안의 어둑한 빛 속에서 그 상자를 바라보았다. 이건 꿈일 거야. 현실일 리 없어! 내 상상이 나를 속이는 듯했다. 하지만 가볍고 부드러운 발소리, 부드럽지만 틀림없이 다가오는 소리가 들렸기에 정신이 번쩍 들었고, 재빨리 반짇고리를 피아노 위에 올려놓고 악보를 보는 척했다. 아직 포브스 부인에게 정식으로 나를 소개하기 전이었고, 더군다나 조명이 어두침침해서 그녀가 나를 명확하게 식별할 수 없으리라 생각했다. 하지만 나는 그녀의 외모를 쉽게 알아보았다. 가냘픈 체격, 앳된 얼굴, 금발의 머리카락. 딱 앤 클리프턴 양의 모습이었다. 갑자기 그녀가 연약하고 어린아이 같은 몸짓으로 두 손을 뻗으며 내 앞으로 달려왔다.

"오!" 포브스 부인이 내 심장을 파고드는 구슬픈 목소리로 외쳤다. "그이가 떠났어요! 방금 떠났어요!"

그때는 빨간 모로코산 가죽 반짇고리에 얽힌 이야기를 할 때가 아니었다. 그녀는 출장 우체국에서 마지막으로 보았을 때와 조금도 달라지지 않았다. 여전히 앳돼 보이는 이 작은 사람은 나를 제외하면 곁에 어떤 친구도 없었고, 낯선 땅에서 남편을 먼저 떠나보낸 여성이었다. 나는 그녀에게 아버지의 편지를 가져다주었다. 내가 맡은 첫 번째 임무는 남편의 장례를 치르는 것이었다. 정부와 우체국을 상대로 저지른 대담한 범죄에 그녀가 연루된 정황을 파헤치기 위해 도의적으로 인내심을 모으기까지 3~4주가 더 걸렸다.

나는 다시는 그 반짇고리 상자를 보지 못했다. 한 번도 경험하지 못한 강렬한 슬픔 속에서, 포브스 부인이 내가 처음 그 상자를 발견한 방에 다시 들어가기 전에 거실에서 그 상자를 치웠기 때문이다. 그것을 다시 볼 기회를 잡기는 쉽지 않았다. 하지만 포브스 부인이 나에게 충분한 설명을 해주지 않고 알렉산드리아를 떠나지는 않으리라는 생각이 들었다. 우리는 영국에서 내려올 지침과 송금을 기다리고 있었다. 그동안 그녀의 슬픔은 가라앉았고, 그녀는 첫 만남에서 나를 매료

시킨 예전의 활기와 아름다움을 되찾았다. 그녀가 나에게서 위로와 위안을 얻고자 하는 욕구가 약해지면서 내 호기심은 점점 더 강해졌고, 결국 나를 압도하기에 이르렀다. 나는 수선이 필요한 그물망 가방을 들고 다녔고, 그녀에게 내가 기다릴 테니 망이 끊어진 부분을 수선해 달라고 부탁했다.

"제가 가정부에게 당신의 반짇고리를 가져다 달라고 말하지요." 나는 문으로 가서 가정부를 불렀다. "사모님한테 빨간색 모로코산 가죽 반짇고리가 있어요." 가정부가 왔을 때 내가 말했다.

"네, 소장님." 그녀가 대답했다.

"어디에 있나요?"

"침실에 있어요." 그녀가 말했다.

"포브스 부인이 여기로 가져오라고 합니다." 나는 다시 방으로 돌아갔다. 포브스 부인은 얼굴이 잿빛으로 변했지만, 기분이 언짢은 눈빛이었고, 고집스럽게 이를 꽉 물고 있었다. 가정부가 반짇고리를 들고 다시 나타났다. 나는 반짇고리를 손에 쥐고 소파에 앉아 있는 포브스 부인에게 다가갔다.

"이 표시 기억합니까?" 내가 말했다. "우리 둘 다 절대 잊을 수 없다고 생각합니다."

그녀는 대답하지 않았지만, 푸른 눈동자가 번득였다.

"저는 당신 아버지에게 당신을 돕겠다고 약속했고, 절대 약속을 어기는 사람이 아닙니다. 하지만 저에게 모든 진실을 말해야 합니다."

나는 한동안 그녀를 설득하고 달래야 했다. 알렉산드리아에 필요한 경우 상담할 수 있는 영국 영사가 있다는 사실까지 상기시켰다. 마침내 그녀는 굳게 다물었던 입을 열었고, 흐느끼며 이야기를 쏟아냈다.

그녀는 알프레드[1]와 사랑에 빠졌지만, 두 사람은 너무 가난해서 결혼할 수 없었고, 아버지가 결혼을 완강하게 반대했다고 설명했다. 그녀는 항상 돈이 절실하게 필요했는데, 그들이 500파운드나 되는 상당한 금액을 주기로 했다고 말했다.

"그런데 누가 돈을 준다고 했습니까?" 내가 물었다.

런던에서 만난 보나르라는 이름의 외국인 신사였다. 프랑스어로 들리는 이름이었지만, 정말 프랑스 사람인지는 확실하지 않았다. 그는 우체국에서 감독관으로 일하는 그녀 아버지의 업무와 관련해 많은 질문을 던졌다. 몇 주 후 그녀는 포브

---

1   포브스와 동일인.

스 씨와 함께 고향에서 우연히 그를 만났는데, 알프레드는 그 신사와 사적으로 긴 대화를 나누었고, 그들은 그녀가 큰 도움을 줄 수 있다고 말했다. 그들은 그녀에게 단지 용기를 내어 출장 우체국에서 서류만 들어 있는 조그만 빨간 상자를 가지고 올 수 있는지 물었다. 잠시 후 그녀는 그 제안에 동의했다. 어쩔 수 없이 입을 열었다고는 하지만 포브스 부인은 왠지 즐거워하는 듯 보였고, 이야기보따리를 술술 풀어놓았다.

"공식 명령서에 아빠의 서명이 필요했지만, 어떻게 받아야 할지 몰랐어요. 다행히 아버지는 통풍으로 고생하고 있었고, 짜증을 많이 부렸어요. 저는 아버지에게 여러 장의 공문서를 읽어줘야 했고, 아버지가 서명했죠. 그중 한 서류는 제가 두 번 읽었는데, 두 번째 읽고 나서 명령문을 제자리에 끼워 넣었어요. 저는 덜컥 겁이 났지만, 다행히 아버지는 매우 힘들어 했고, 일을 끝내고 싶어 했어요. 저는 벡비에 사는 고모를 방문한다는 구실을 만들었지만, 그곳으로 곧장 가는 대신 우편 열차가 오기 몇 분 전에 이튼역에 도착하려고 했어요. 저는 역 밖에서 호루라기 소리가 들릴 때까지 기다렸다가 우체부를 따라 예약 사무실로 들어가 공식 명령서를 내밀며 전해달라고 부탁했어요. 알프레드가 떠나자마자 저는 옆 칸 창문으로 보나르 씨의 얼굴을 살짝 보았어요. 그들은 기차가 캠던 타운 역에 정차한다고 장담했지만, 그때까지는 제가 계속 당신의 관심을 받도록 해야 했죠. 그런데 알다시피 저는 해냈어요."

"그런데 상자는 어떻게 처리했습니까?" 내가 물었다. "당신 몸에 숨길 수는 없었을 텐데. 그건 제가 확신합니다."

"아!" 그녀가 말했다. "그것만큼 쉬운 일도 없었어요. 무슈 보나르 씨가 우편 수송 칸에 대해 설명해 주었고, 제가 매번 역에 도착할 때마다 숨어 있던 구석에서 아주 가까운 작업대 끝에 상자를 내려놓은 것 기억하죠? 거기에 창문이 달린 문이 있었는데, 수송 칸 안이 너무 더우니 창문을 열어줄 수 있느냐고 물어봤잖아요. 보나르 씨는 자신이 탄 칸의 창문으로 몸을 내밀어 제게서 물건을 가져갈 수도 있었지만, 기차가 왓퍼드에서 출발할 때쯤 열차에서 내려 수송 칸 반대편으로 와서 제 손에서 물건을 넘겨받는 것을 선택했어요. 이해하죠? 거기가 마지막 역이었고 캠던 타운 역에서 멈춰 섰으니, 그 상자는 분실을 알아차리기 20분 전부터 당신 시야에서 벗어나 있었어요. 무슈 보나르와 저는 서둘러 역을 떠났고, 알프레드가 우리를 따라왔어요. 상자를 강제로 열고—자물쇠가 너무 특이해서 여태 수리하지 못했지만—보나르 씨가 서류를 꺼냈어요. 그는 그 안에 지폐 뭉치를 넣어 제게 건네주고 떠났어요. 알프레드와 저는 다음 날 결혼식을 올리고 고모네 집으로 돌아갔어요. 우리는 몇 달 동안 아버지에게 결혼 사실을 비밀로 했어요. 이것이 바로 제 빨간 가죽 반짇고리에 얽힌 이야기예요."

그녀는 장난꾸러기 아이가 약 올리듯 떠들썩하게 웃으며 미소를 지었다. 여전히 나에게는 만족스럽지 못한 점이 있었다.

"서류가 무엇에 관한 것인지 알고 있었습니까?" 내가 물었다.

"아니요!" 그녀가 부인했다. "저는 정치에 대해 전혀 이해하지 못했어요. 정치에 대해 아무것도 몰라요. 보나르 씨는 아무 말도 하지 않았고, 심지어 우리가 옆에 있을 때 서류에 눈길도 주지 않던걸요. 저라면 등기우편이든, 그 안에 돈이 들었든 뭐가 들었든, 절대 가져가지 않았을 거예요. 게다가 그 서류들을 다시 쓰는 건 아주 쉬운 일인 걸요. 저를 도둑이라고 생각하지 마세요, 월콕스 씨. 그 서류 중에 가치 있는 건 아무것도 없었어요."

"당신에게는 500파운드의 가치가 있었습니다." 내가 말했다. "보나르 씨와 다시 마주친 적이 있습니까?"

"아니요." 그녀가 대답했다. "그는 고국으로 돌아간다고 했어요. 보나르가 본명은 아닌 듯해요."

당연히 그럴 리 없지만, 포브스 부인 앞에서는 내 생각을 드러내지 않았다. 또다시 나는 이 문제를 둘러싸고 곤란한 상황에 부딪혔다. 의심할 여지 없이 나에게는 이 사실을 당국에 신고해야 할 책임이 있었지만, 그렇게 하기가 망설여졌다. 주범 중 한 명은 이미 신의 심판을 받았고, 몇 년이 흐르면서 보나르에 대한 모든 증거는 지워졌다. 결국 처벌을 받게 될 유일한 사람은 더 죄질이 무거운 두 범죄자에게 속은 젊은 여성일 뿐이었으니 말이다. 나는 헌팅던 씨에게 모든 내용을 상세히 전하기로 마음먹고 추가 설명이나 해석 없이 그에게 편지를 썼다.

알렉산드리아에 있는 포브스 부인과 나에게 돌아온 대답은 헌팅던 씨가 심장병으로 급작스럽게 사망했다는 소식이었다. 그날은 헌팅던 씨가 편지를 받아볼 시점으로 내가 예상한 날이었다. 포브스 부인은 다시 한번 깊은 슬픔과 회한에 잠겼다. 헌팅던 씨가 세상을 떠난 후 그녀에게는 연간 100파운드도 채 안 되는 수입이 남겨졌다. 그의 유일한 유언 집행자이자 친구였던 우체국장은 포브스 부인에게 영국으로 돌아오지 말고 해외에 거주하도록 권유하는 편지를 내 앞으로 보냈다. 그녀가 수녀원의 호젓함과 고요함을 희망해서 나는 포브스 부인에게 영국의 식민지인 몰타의 한 수녀원에서 지낼 수 있게 자리를 마련해 주었다. 그곳에서 그녀는 여전히 영국의 보호 아래 있을 것이다. 새로 부임한 소장이 도착한 직후 나는 알렉산드리아를 떠나 런던으로 돌아왔고, 우체국장과 비공식 회견을 했다. 하지만 그는 이미 헌팅던 씨와 관련한 모든 문서를 가지고 있었다. 그래서 내가 여러분과 나눈 세부 사항을 공개할 필요는 없었다. 그는 두 사람의 오랜 우정과 처벌받아 마땅한 자들이 정의의 심판을 모면한 사실을 고려해 과거는 과거일 뿐 지난 일은 잊어버리는 것이 바람직하다는 결론을 내렸다.

나는 자리에서 일어나기 전 포브스 부인이 나에게 강력하게 호소한 메시지를 전달했다.

"포브스 부인은 국장님이 꼭 기억해 주기를 바랍니다." 내가 말했다. "그녀와 포브스 씨가 서로를 사랑하지 않고 또 돈이 필요하지 않았다면 그들 중 누구도 그런 잘못을 저지르지 않았으리라는 것을."

그의 입가에 살짝 미소가 흘렀다. "아! 클레오파트라의 코가 조금만 낮았어도 세계의 역사는 달라졌을 텐데!"

5번 지선

—

엔지니어

그의 이름은 매슈[1] 프라이스였고, 저는 벤저민 하디입니다, 선생님. 불과 며칠 차이로 태어난 우리는 같은 마을에서 같은 학교에 다니며 함께 자랐습니다. 우리가 과연 가까운 친구가 아닌 때가 있었는지 기억조차 없습니다. 다투는 게 뭔지도 몰랐을 정도니까요. 항상 모든 생각과 소유물을 공유했습니다. 우린 끝까지 두려움 없이 서로의 편에 섰을 겁니다. 서로가 느낀 유대감은 책에 나오듯 우리 고향 황무지의 거대한 바위산처럼 단단하고 굳건했으며 하늘의 태양처럼 진실했습니다.

---

1   이하 매트.

채들리라고 불리는 우리 마을은 평야와 고원의 중간쯤에 비바람이 들이치지 않는 움푹 팬 곳에 자리 잡았습니다. 마을에서 내려다보면 끝없는 호수처럼 펼쳐진 광활한 녹색 목초지가 저 멀리 수평선 너머 안개 속으로 사라지는 듯했습니다. 마을 위쪽으로는 산등성이와 경사면이 끝도 없이 이어진 험준한 황야 지역이 높이 솟아 있었고, 대부분 황량하고 메마른 땅이었지만, 간혹 경작지와 척박한 환경에 강한 작물을 재배하는 농장이 눈에 띄곤 했습니다. 맨 꼭대기에는 황무지의 거대한 회색 암반이 돌출되어 있었는데, 꼭 성경에 나오는 대홍수가 대지를 휩쓸고 지나가기 전부터 견뎌온 무수한 세월을 증명하듯 닳고 닳아 울퉁불퉁해진 모습이었습니다. 제가 듣기로는 드루이드의 바위산, 왕의 바위산, 성의 바위산 등은 고대에는 대관, 화형, 인신 공양과 같은 끔찍한 의식을 행한 신성한 장소였습니다. 또한 뼈와 화살촉, 심지어 금과 유리로 만들어진 장신구까지 발견되었다고 했습니다. 어릴 적에는 바위산에 대한 막연한 공포 때문에 아무리 돈을 두둑하게 쥐여준다고 해도 해가 진 뒤에는 감히 다가갈 엄두도 내지 못했을 겁니다.

우리 둘 다 같은 마을에서 태어났다고 말했습니다. 그는 소작농이었던 윌리엄 프라이스의 7남매 중 장남이었습니다. 반면 저는 우리 마을의 대장장이였던 에프라임 하디의 외아들로, 제 아버지는 지금까지도 많은 사람이 기억할 정도로 그 지역에서는 유명했습니다. 사회 계층 구조로만 보면 농부가 대장장이보다 신분이 높으므로 매트 아버지가 제 아버지보다 나은 지위를 가졌다고 말할 수도 있습니다. 하지만 현실은 소규모 농지와 대가족을 거느린 윌리엄 프라이스 씨는 수많은 비숙련 노동자처럼 가난했지만, 대장장이였던 제 아버지는 부유하고 활동적인 데다 호의적이고 관대했을 뿐만 아니라 지역사회에서도 중요한 사람이었습니다. 매트와 제가 서로 다른 집안 배경을 가지고 태어나긴 했지만, 그것은 전혀 중요하지 않았습니다. 매트의 재킷 팔꿈치가 해졌다거나 돈이 모두 제 주머니에서 나온 사실은 전혀 생각하지 않았습니다. 학교에 함께 앉아 같은 책으로 공부하고, 서로에게 힘이 되어주고, 서로의 허물을 덮고, 낚시를 가고, 나무열매를 따고, 학교를 빼먹고, 과수원에서 과일 서리를 하고 새둥지에서 알을 훔치고, 허락받은 시간이든 아니든 우리가 할 수 있는 모든 순간을 함께 보낸 것으로 충분했습니다. 즐거운 시간이었지만, 그 시간이 무한정 지속될 수는 없었습니다. 부유했던 아버지는 제게 더 나은 인생을 살 기회를 주고 싶어 했습니다. 제가 아버지보다 더 많은 것을 배우고 더 잘 해내야 한다고 믿었습니다. 대장간은 만족스럽지 못했고, 채들리라는 작은 마을도 저에게는 너무 좁다고 아버지는 생각했습니다. 그래서 매트가 쟁기질하며 휘파람을 불 때 저는 계속 가방을 메고 다녔고, 결국 제 진로를 결정하고 나서야 다시는 못 볼 듯 영원히 헤어졌습니다. 대장장이의 아들이었던 저에게 용광로와 대장간은 어떤 방식으로든 저를 가장 즐겁게 했기 때문에 저는 기술자로서 실무를 쌓기로 했습니다. 머지않아 아버지는 저를 버밍엄의 한 제철 장인에게 수습생으로 보냈습니다. 그리고 저는 매트, 채들리, 그리고 그때까지 제가 평생을 보낸 잿빛 바위산들에 작별을 고하고 북쪽으로 눈을 돌려 블랙컨트리[1]로 건너갔습니다.

제 이야기에서 이 부분은 자세히 다루지 않겠습니다. 말하자면 제가 어떻게 수습 기간을 마쳤는지, 수습 과정을 마치고 숙련공이 된 후에 어떻게 쟁기질하던 매트를 중공업 지역으로 데려와 숙소, 월급, 전문 지식 등 요약하면 제가 줄 수 있는 모든 것을 그 친구에게 제공했는지, 또 빠른 학습 능력을 타고나고 내적 힘이 가득했던 그가 어떻게 직급을 높여 결국 부서의 '일인자'가 되었는지, 또한 이런 변화와 고군분투하며

---

1 잉글랜드 중서부의 중공업 지대를 일컫는다.

노력의 세월을 함께 헤치고 나가는 동안 우리의 오래되고 견고한 소년 시절의 유대감이 결코 흔들리거나 약화하지 않고 오히려 우리와 함께 성장하고 강화되었는지는 이 이야기에서 그저 윤곽에 지나지 않은 사실일 뿐입니다.

이 무렵—매트와 제가 서른을 넘지 않은 시기로 기억합니다—우리 회사는 토리노와 제노바 사이에 새로 건설하는 철도 노선에 최고급 기관차 여섯 대를 공급하기로 계약했습니다. 우리가 이탈리아에서 받은 첫 주문이었습니다. 이전에 프랑스, 네덜란드, 벨기에, 독일과는 거래했지만, 이탈리아는 처음이었습니다. 알프스 너머의 이웃 국가들이 최근에 철로를 깔기 시작했고, 공사가 진행되면서 영국의 뛰어난 기술력이 더 많이 필요하게 될 것이었기에 이 사업 관계는 더욱 새롭고 값졌습니다. 따라서 버밍엄에 본사를 둔 이 회사는 결연한 의지로 계약에 임했고, 근무 시간을 연장했고, 임금을 인상했고, 신규 인력을 채용했으며, 각고의 노력과 효율성을 통해 이탈리아 노동 시장의 선두 주자로 자리매김하며 그 지위를 유지하기로 했습니다. 우리 회사의 노력은 열매를 맺어 성공했습니다. 여섯 대의 기관차는 제때 제작되었을 뿐만 아니라 피에몬테의 화물 인수자를 놀라게 할 만큼 신속하게 선적,

발송, 인도되었습니다. 기관차 운송을 감독하도록 임명되었을 때 저는—의심의 여지 없이—여간 자랑스러운 것이 아니었습니다. 두 명의 조수와 동행할 기회가 주어진 저는 어떻게든 매트가 조수 중 한 명이 되어야 한다고 생각했고, 그렇게해서 우리는 인생의 첫 번째 멋진 휴가를 함께 즐겼습니다.

회색빛 중공업 지역을 벗어난 적이 없었던 버밍엄의 두 노동자에게는 놀라운 변화였습니다. 알프스산맥이 뒤로 보이는 그림 같은 도시, 이국적인 선박으로 가득한 번화한 항구, 눈부시게 푸른 하늘과 바다, 부두에 늘어선 형형색색의 집들, 흑백의 대리석으로 장식한 독특한 성당, 아라비안나이트에 나올법한 시장을 연상시키는 보석상 거리, 무어인 양식의 안뜰과 분수대, 오렌지 나무가 있는 웅장한 궁전 거리까지 신부처럼 가면을 쓴 여인들, 쇠사슬에 묶인 노예들의 행렬, 사제와 수사들의 행렬, 끝없이 뗑그렁뗑그렁 울려 퍼지는 종소리, 낯선 언어로 떠드는 왁자지껄한 소리, 유난히 밝고 화창한 날씨 등 다양한 경이로움이 어우러져 첫날에는 마치 카니발에 온 아이들처럼 멍한 상태로 도시를 거닐었습니다. 그 주가 끝날 무렵 도시의 아름다움과 넉넉한 급여에 매료된 우리는 버밍엄을 영원히 떠나 토리노와 제노바 철도 회사에서 일하기로 합의했습니다.

새로운 삶이 시작되었습니다. 신선한 공기와 햇살에 흠뻑 젖은 활기차고 건강한 삶이었기에 우리는 블랙컨트리의 암울한 분위기를 어떻게 견뎌냈는지 궁금해했습니다. 우리는 선로를 오르내리며 기관차를 테스트하고 새로운 고용주를 돕기 위해 예전 기술을 사용하며 하루하루를 보냈습니다.

그사이 우리는 제노바에 자리를 잡고 부두로 이어지는 가파른 경사 길에 있는 작은 가게 위의 방 두 개를 빌렸습니다. 이 번잡하고 좁은 길은 너무 가파르고 구불구불해서 어떤 운송 수단도 지나갈 수 없었고, 머리 위로 보이는 하늘은 마치 폭이 좁은 짙푸른 색상의 리본처럼 보였습니다. 하지만 길을 따라 늘어선 건물마다 상점이 있어서 상품이 인도를 침범하거나 출입구 주변에 쌓여 있거나 발코니에 태피스트리처럼 매달려 있었고, 동틀 무렵부터 해 질 녘까지 온종일 항구와 도시 상부를 연결하는 번화가를 따라 수많은 보행자가 끊임없이 오르내렸습니다.

은세공업자의 미망인이었던 우리 집주인은 은세공 장식품, 값싼 보석, 빗, 부채, 상아 혹은 흑요석으로 만든 장난감 등을 팔아 생계를 유지했습니다. 집주인의 딸 지아네타가 이 가게에서 일했는데, 제가 본 사람 중 가장 아름다운 여자였습니다. 오늘날에도 그녀의 이미지를 생생하게 떠올리면 오랜 세월을 돌아보아도 그녀의 아름다움에서 어떤 결점도 찾을 수 없습니다. 지아네타의 아름다움을 군이 말로 표현하려 애쓰지 않겠습니다. 아무리 뛰어난 시인도 그녀의 본질을 담아내지는 못한다고 확신하니까요. 하지만 저는 언젠가 (그녀만큼 사랑스럽지는 않았지만) 그녀와 다소 비슷한 그림을 본 적이 있습니다. 그리고 제가 알기로는, 그 그림은 제가 마지막으로 본 장소인 루브르 벽에 여전히 걸려 있습니다. 갈색 눈에 황금빛 머리카락을 가진 여자가 수염 난 남자가 들고 있는 원형 거울을 바라보는 그림이었습니다. 당시 제가 이해한 바로는 남자는 화가의 자화상이고 여자는 그가 사랑하는 여인을 표현했습니다. 그림은 놀랍도록 아름다웠지만, 지아네타 코네글리아의 사랑스러움에는 비할 바가 아니었습니다.

미망인의 가게는 항상 손님들로 들끓었습니다. 제노바의 모든 사람이 우중충한 작은 계산대 뒤에서 손님을 응대하는 아름다운 여성에 대해 익히 알고 있었습니다. 숱한 남자에게 추파를 던진 지아네타에게는 이름을 다 기억할 수도 없을 만큼 많은 구혼자가 있었습니다. 그녀는 귀걸이나 부적을 사러 온 빨간 모자를 쓴 선원부터 창가에 진열된 은세공품 절반을 쓸어 담은 부유한 귀족에 이르기까지 신분의 고하를 막론하고 부유하든 가난하든 남자들을 똑같이 대했습니다. 그들을 부추기고, 비웃고, 자신이 원하는 대로 가지고 놀다가 마음에 들지 않으면 돌아섰습니다. 매트와 제가 씁쓸한 대가를 치르며 알게 된 사실이지만, 그녀는 대리석 조각상과 다르지 않은 차가운 심장을 가지고 있을 뿐이었습니다.

어떻게 그런 일이 일어났는지, 무엇이 우리 사이를 의심하게 했는지는 아직도 이해할 수 없지만, 그해 가을이 끝나기 훨씬 전부터 우리 사이에는 냉기가 감돌았습니다. 그것은 말로는 표현할 수 없는 감정이었고, 자신의 목숨이 달렸어도 우리 중 누구도 설명하거나 정당화할 수 없는 일이었습니다. 우리는 전과 다름없이 함께 숙소를 쓰고, 함께 먹고, 함께 일했고, 퇴근 후, 비록 침묵의 시간이 길어지긴 했지만, 기나긴 저녁 산책을 함께 했습니다. 외부에서 보기에는 별다른 차이가 없어 보였을 겁니다. 하지만 조용하고 미세하게 우리 사이의 갈라진 틈이 넓어지고 있었습니다.

친구의 잘못이 아니었습니다. 누구보다 정직하고 친절한 사람인지라 고의로 우리 사이에 균열을 일으켰을 리 없습니다. 제 성격이 불같긴 해도 제 탓이라고 생각하지도 않습니다. 잘못은 전적으로 그녀에게 있었습니다. 죄책감, 수치심, 괴로움은 그녀 혼자 짊어져야 합니다.

지아네타가 우리 둘 중 한 명에게 솔직하게 호감을 표시했다면 아무런 해를 끼치지 않았을 겁니다. 오, 맙소사. 저는 제 욕망을 억누르는 한이 있어도 매트의 행복을 위해 무엇이든 했을 겁니다. 매트도 저를 위해 똑같이 했을 거라는 걸 압니다. 하지만 지아네타는 우리 둘 중 누구도 신경 쓰지 않았습니다. 둘 중 하나를 선택할 생각도 없었습니다. 그저 자기 허영심을 충족시키기 위해 우리 우정에 금이 가게 한 겁니다. 그러니까 재미로 우리를 가지고 놀았습니다. 그녀가 무수히 많은 요염한 자태—이를테면 더 오래 눈길을 주거나, 특정 단어를 고르거나, 은밀하게 미소를 흘리는 등의 오만가지 미묘한 방법으로—로 우리를 조종해서 얼마나 우리의 고개를 돌리게 하고, 마음을 어지럽게 하고, 결국 그녀에게 빠져들게 했는지는 제가 설명할 수 있는 범위를 넘어섭니다. 그녀는 우리에게 거짓 희망을 주고 질투와 절망을 불러일으켰으며 우리 모두를 속였습니다. 저로서는 우리 둘의 삶을 하나로 묶어준 가장 진정한 우정이 어떻게 파멸을 향해 나아가는지 보았고, 그 앞에 놓인 파멸을 깨닫는 순간 저는 매트와 제가 나눈 우정만큼 가치 있는 여자가 있을까 자문했습니다. 하지만 저는 끝내 진실을 외면하고 고집스럽게 망상의 세계에서 계속 살았습니다.

가을이 지나고 겨울이 찾아왔습니다. 제노바의 겨울은 매우 기묘하고 변덕스러웠습니다. 올리브 나무와 털가시나무가 여전히 푸르고, 눈 부신 햇살이 내리쬐다가도 매서운 폭풍이 몰아쳤습니다. 그 무렵 속으로는 경쟁 상대였지만 겉으로는 친구였던 매트와 저는 지아네타의 치명적인 속임수와 그보다 더 치명적인 아름다움에 사로잡혀 비콜로 발바의 숙소에 계속 머물렀습니다. 마침내 고통과 불확실성을 더는 견딜 수 없는 날이 왔습니다. 저는 제 운명을 모르는 채 해가 저물도록 내버려 두지 않겠다고 결심했습니다. 지아네타가 저를 붙잡을지, 아니면 보내줄지 선택해야 할 때였습니다. 무모하고 절망적인 상황이었지만, 최선이든 최악이든 마주하기로 했습니다. 최악의 상황이라면 제노바, 지아네타, 그리고 제 지난 삶을 뒤로하고 새롭게 시작할 겁니다. 12월의 어느 음울한 아침, 저는 가게 안쪽의 작은 응접실에서 그녀 앞에 서서 불같이 단호하게 이렇게 말했습니다.

"당신의 마음이 매트에게 있다면, 지아네타, 솔직하게 말해줘요. 다시는 당신을 귀찮게 하지 않을게요. 그는 당신의 사랑을 더 받을 가치가 있는 친구입니다. 나는 질투심이 많고 까다로운 반면 그는 여자들처럼 사람을 잘 믿는 경향이 있고 이타적입니다. 지아네타, 말해줘요. 이제 영원히 작별을 고

할까요, 아니면 영국에 있는 어머니에게 편지를 써서 내 아내가 되기로 약속한 여자를 위해 기도해달라고 부탁할까요?"

"친구를 위해 그럴듯한 명분을 만들었군요." 그녀가 약간 오만하게 대답했습니다. "마테오가 고마워해야 할 거예요. 이건 그가 당신을 위해 해준 것 이상이니까."

"제발, 제발, 제발, 내가 대답을 듣고 떠나게 해줘요." 저는 절망적으로 외쳤습니다.

"나는 당신의 간수가 아니에요, 잉글레스 씨." 그녀가 침착하게 말했습니다. "당신은 자유롭게 머물거나 떠날 수 있어요."

"내가 당신을 떠나길 바라나요?" 제가 물었습니다.

"맙소사! 아니요." 그녀가 대답했습니다.

"그러면, 내가 남는다면 결혼해 줄래요?" 제가 간절히 물었습니다.

그녀가 웃었습니다. 은종이 울리는 듯한 웃음소리에는 즐거움과 조롱이 가득했습니다.

"참 많은 것을 요구하는군요." 그녀가 말했습니다.

"지난 5~6개월 동안 당신이 바람을 불어넣었잖아요."

"마테오도 같은 말을 했어요. 당신 둘 정말 성가셔요!"

"오, 지아네타, 잠깐만 진지하게 생각해 봐요!" 제가 간청했습니다. "나는 거친 사람입니다. 사실이에요. 나는 당신이 좋아할 만큼 세련되거나 똑똑하지도 않아요. 하지만 당신을 온 마음을 다해 사랑해요. 그 어떤 황제도 당신을 더 사랑할 수는 없을 거예요."

"그 말을 들으니 기쁘군요." 그녀가 대답했습니다. "나도 그 사랑이 줄어들기를 바라지는 않아요."

"그렇다면 나를 비참하게 만들지 않겠다고 약속해 줄래요?"

그녀가 또 한 번 웃음을 터뜨렸습니다. "나는 아무것도 약속하지 않을 거예요. 마테오와 결혼하지 않겠다는 것만 빼고!"

마테오와는 결혼하지 않겠다는 것! 단지 그뿐이었습니다. 제가 희망을 품을 만한 말 한마디 없었습니다. 제 친구를 거부한 것 말고는 아무것도 없었습니다. 그렇지만 저는 친구가 거절당한 사실에서 약간의 위안, 이기적인 만족감, 안도감을 찾기를 바랐고, 유감스럽게도 저는 그 유혹에 굴복해 지아네타의 부질없고 덧없는 말 한마디라도 붙잡고 매달렸습니다. 돌이켜보면 제가 얼마나 어리석었는지 모릅니다. 그날부터 저는 스스로 자제하려는 모든 노력을 포기하고 맹목적으로 저 자신이 파멸로 치닫게 내버려 두었습니다.

시간이 지날수록 매트와 저는 언제라도 사이가 틀어질 듯 점점 더 나빠졌습니다. 우리는 서로를 피했고, 하루에 열두 마디도 주고받지 않았습니다. 급기야는 일상적으로 하던 일들도 더는 함께하지 않았습니다. 그 무렵, 인정하기 부끄럽지만, 매트에게 진심으로 미움을 느낀 순간도 있었습니다.

우리 사이의 문제가 계속 악화하는 동안 한 달이나 5주가 지나갔고, 카니발과 함께 2월이 시작되었습니다. 제노바 주민들은 이번 카니발 시즌이 썰렁하다고 주장했고, 저도 동의할 수밖에 없었습니다. 주요 거리에 걸린 깃발 몇 개와 축제에 참여한 여성들의 모습을 제외하면 카니발 시즌임을 알리는 특별한 징후는 없었으니까요. 카니발 둘째 날, 아침 내내 선로에 있다가 해 질 무렵 제노바로 돌아왔을 때 놀랍게도 매트 프라이스가 플랫폼에서 저를 기다리고 있었다는 것을 알게 되었습니다. 친구가 제게 다가와 제 팔에 손을 얹었습니다.

"늦었구나." 매트가 말했습니다. "45분 기다렸어. 오늘 저녁 같이 먹을래?"

제가 충동적이긴 하지만, 친구의 호의에 마음이 열렸습니다.

"좋아, 매트." 제가 대답했습니다. "고촐리스에 갈까?"

"아니, 거기 말고." 그가 재빨리 대답했습니다. "더 조용한 데,

더 조용히 얘기할 수 있는 곳으로 가자. 너한테 할 말이 있어."

저는 그가 창백하고 불안해 보인다는 것을 단번에 알아차렸고, 불길한 예감이 스쳐 지나갔습니다. 우리는 폰테 베키오 근처에서 조금은 외진 곳에 자리 잡은 페스카토레라는 트라토리아[1]에 가기로 했습니다. 선원들이 자주 드나드는 곳으로 담배 냄새가 진동하는 우중충한 식당에서 우리는 간단한 식사를 주문했습니다. 매트는 거의 아무것도 먹지 않았지만, 시칠리아 포도주 한 병을 요청했고, 그는 열심히 마셨습니다.

마지막 요리가 나온 후 제가 물었습니다. "매트, 무슨 일이야?"

"나쁜 일."

"네 표정을 보고 짐작했어."

"너한테도 나한테도 안 좋아. 지아네타 일이야."

"지아네타?"

친구가 초조한 듯 손을 입술에 갖다 댔습니다.

"지아네타는 이루 말할 수 없을 정도로 거짓말쟁이야." 그는 감정이 격해져 거친 목소리로 말했습니다. "그녀는 정직

---

1   간단한 음식을 제공하는 이탈리아 식당.

한 남자의 마음을 한낱 자기 머리에 치장하는 꽃 정도로만 여겨. 딱 하루만 꽂고 있다가 싫증 나면 그냥 빼버리지. 그녀는 우리 둘한테 아주 못된 짓을 했어."

"어떻게? 제발 말해줘."

"여자가 사랑하는 사람을 배신할 수 있는 최악의 방법으로. 지아네타는 마르케세 로레다노에게 몸을 팔았어."

그 순간 머리와 얼굴에 열이 확 오르더니 눈앞이 흐려졌고, 불안한 마음에 말도 제대로 나오지 않았습니다.

"지아네타가 성당으로 가는 걸 봤어." 친구가 정신없이 말을 이어갔습니다. "세 시간 전이었지. 난 그녀가 고해성사하러 가는 줄 알고 망설이다가 조심스럽게 따라갔어. 하지만 지아네타는 안으로 들어서자마자 곧장 설교단 뒤편으로 갔어. 바로 그자가 기다리고 있던 장소였지. 한두 달 전에 가게에 자주 들렀던 노인 기억하지? 그들이 대화에 몰두한 채 교회를 등지고 설교단 아래에 바짝 붙어 서 있는 모습을 보고 있자니 갑자기 분노가 치밀어 오르더라고. 그 길로 곧장 통로를 따라 걸어 올라갔어. 무슨 말이든 행동이든 해야 한다는 생각이 들었거든. 뭘 해야 할지는 몰랐지만, 어쨌든 그녀의 팔을 잡아끌어서라도 집에 데리고 갈 생각이었어. 하지만 그들과 나 사이에 커다란 기둥만 보일 정도로 가까워졌을 때 잠깐 걸음을 멈췄어. 그들도 나를 볼 수 없었고 나도 그들을 볼 수 없었지만, 두 사람의 목소리가 선명하게 들렸거든. 그래서 나는 귀를 기울였어."

"그래서 무슨 말을 들었는데?" 제가 물었습니다.

"수치스러운 흥정의 조건, 즉 번지르르한 몸을 주는 대가로 금과 매년 일정 금액의 돈, 그리고 나폴리 근처의 별장을 제공한다는 건데, 말하기조차 역겨워."

그가 몸을 부르르 떨며 포도주 한 잔을 더 따라 단숨에 들이켜고 계속 말했습니다.

"그 사실을 알고는, 그녀를 데려오려고 노력하지 않았어. 내가 개입하기에는 너무 냉혹하고, 너무 계산적이고, 너무 수치스러운 일이었지. 지아네타를 내 기억에서 지우고 이제 그녀의 운명은 그녀에게 맡겨야 한다는 생각이 들었어. 교회를 나와 해안을 따라 걸으며 마음을 비우려 애썼어. 그때 네가 떠올랐어, 벤. 이 가증스러운 여자가 우리 사이에 끼어들어 우리 삶을 어떻게 망가뜨렸는지를 떠올리니 화가 나서 미치겠더라고. 그래서 역으로 가서 너를 기다렸어. 너도 모든 걸 알아야 한다고 생각했거든. 그리고 어쩌면 우리가 영국으로 돌아갈 수도 있다는 생각이 들었어."

"그 마르케세 로레다노!"

제가 할 수 있는 말은 그뿐이었습니다. 제가 생각할 수 있는 건 그 말뿐이었습니다. 매트가 방금 말했듯이 저도 미칠 것 같았습니다.

"한 가지 더 말하고 싶은 게 있어." 그가 마지못해 덧붙였습니다. "여자가 얼마나 남자를 속일 수 있는지 너한테 알려주려고 하는 얘긴데, 우린 다음 달에 결혼할 예정이었어."

"우리라니? 누구? 무슨 소리야?"

"지아네타와 나, 우리 결혼하기로 했었어."

갑작스러운 분노, 경멸, 불신이 저를 휩쓸었고, 순식간에 이성을 잃은 듯했습니다.

"너하고!" 제가 소리쳤습니다. "지아네타가 너와 결혼하기로 했다고! 믿을 수 없어!"

"나도 그 말을 믿지 않으면 좋으련만." 친구는 제 격렬한 반응에 놀란 듯 고개를 들어 올리고 대답했습니다. "하지만 지아네타가 나에게 약속했고, 그 당시에는 진심이라고 믿었어."

"지아네타가 몇 주 전에 너와는 절대 결혼하지 않겠다고 했어!"

매트의 얼굴이 붉어지고 이마에 주름이 잡혔지만, 전처럼 다시 침착한 어조로 말했습니다.

"그래?" 그가 말했습니다. "그러면, 또 속였군. 지아네타가 네 청혼을 거절했다고 하더라고. 그래서 우리가 약혼을 비밀에 부쳤던 거야."

"사실대로 말해, 매트 프라이스." 저는 의심 때문에 거의 제정신이 아니었습니다. "네가 하는 모든 말이 사실이 아니라고 인정해! 지아네타가 너를 사랑하지 않는다는 걸, 네가 실패하고 내가 성공할까 두려워한다는 걸. 어쩌면 내가 성공할지도 모른다는 걸…결국 성공할지도 모른다는 걸 인정하라고!"

"너 미쳤어?" 그가 소리쳤습니다. "무슨 소리야?"

"내 말은, 그게 네가 나를 영국으로 유인하려는 계략일 뿐이라고 생각한다는 거야, 네가 하는 말을 하나도 믿지 않는다는 뜻이라고. 넌 거짓말쟁이고 난 너를 경멸해!"

매트가 자리에서 일어나 한 손을 의자 등받이에 올려놓고 저를 매섭게 노려보았습니다.

"네가 벤저민 하디가 아니었다면," 그가 천천히 말했습니다. "네 숨이 끊어질 때까지 너를 때렸을 거야."

그 말이 끝나자마자 저는 그에게 달려들었습니다. 그다음에 일어난 일은 뚜렷이 기억나지 않습니다. 욕설, 주먹질, 난투극, 분노의 순간, 비명, 여기저기 뒤섞인 목소리, 한 무리의 낯선 얼굴들, 그 후 매트를 안고 있는 행인의 모습, 제 손에서 떨어진 칼, 바닥에 떨어진 피, 제 손에 묻은 피, 매트의 셔츠에 묻은 피, 어리둥절해하며 온몸을 떨고 있는 저 자신. 귓가에 그 끔찍한 말이 들렸습니다.

"오, 벤, 네가 날 죽였어!"

매트는 그 자리에서 바로 사망하지는 않았습니다. 그 대신 가장 가까운 병원으로 이송되어 몇 주 동안 위중한 상태로 사경을 헤맸습니다. 의사들은 그의 상태가 위중하고 복잡하다고 설명했습니다. 칼날이 빗장뼈 바로 밑으로 들어가 폐 깊숙이 침투한 상태라고 설명했습니다. 매트는 누군가의 도움 없이는 말하거나 움직일 수 없었고, 심호흡조차 할 수 없었습니다. 심지어 물을 마셔야 하는데 고개도 들 수 없었습니다. 그 힘든 시간을 버티는 동안 저는 밤낮을 가리지 않고 그의 곁을 떠나지 않았습니다. 철도 일을 그만두었고, 비콜로 발바의 숙소를 나와 지아네타 코네글리아 같은 여자가 숨을 쉬고 있었다는 사실조차 잊으려고 노력했습니다. 저는 오로지 매트에게만 헌신했고, 매트도 자신만큼이나 저를 위해 좀 더 오래 살려고 노력했습니다. 길고 고통스러운 침묵의 시간을 함께 견디며 오래된 우정은 새로운 신뢰와 의리로 그 어느 때보다 굳건해졌습니다. 그는 한 치의 망설임도 없이 저를 온전하게 용서해 주었습니다. 저 또한 매트를 위해서라면 기꺼이 제 목숨을 내놓았을 겁니다.

몇 주 동안 삶과 죽음 사이에서 힘겨운 싸움을 벌이던 매트 프라이스는 어느 화창한 봄날 아침 마침내 퇴원했습니다. 그는 갓난아기처럼 여윈 제 팔에 기대 병원 문을 나섰습니다. 그는 퇴원했지만, 완치된 것은 아니었습니다. 의사는 폐가 회복될 희망은 없으며, 세심하게 보살피면 몇 년은 살 수 있지만, 다시는 강하고 건강한 사람이 될 수 없다고 말했습니다. 저는 공포와 절망에 휩싸였습니다. 의사의 마지막 말은 가능한 한 빨리 그를 남쪽으로 데려가라는 것이었습니다.

저는 그를 제노바에서 30마일 정도 떨어진 로카라는 작은 해안 마을로 데려갔습니다. 바다가 하늘보다 더 푸르고 절벽이 선인장, 알로에, 이집트 야자수 등 이국적인 열대 식물로 뒤덮인 리비에라 연안의 한적하고 평화로운 곳이었습니다. 우리는 현지 상인의 집에 머물렀고, 매트는, 매트 자신의 표현을 빌리면, '몸을 회복하기 위한 진지한 과업을 시작했다'라고 했지만, 안타깝게도 그 과업은 아무리 노력해도 이룰 수 없었습니다. 그는 매일 해변으로 내려가 몇 시간 동안 바닷바람을 쐬며 자리에 앉아 멀리서 오가는 배들을 바라보곤 했습니다. 그러다 점차 숙소 정원을 벗어나지 못했습니다. 그 후에는 열린 창문 옆 소파에서 하루를 보내며 진득하게 마지막을 기다렸습니다. 네, 마지막이 왔습니다. 매트는 여름이 저물어 갈수록 빠르게 시들어 가고 있었고, 사신(死神)이 가까이 다가오고 있음을 알았습니다. 이제 그의 유일한 목적은 제 후회의 고통을 덜어주고 다가올 일에 대비하는 것이었습니다.

어느 여름날 저녁, 소파에 누워 별을 바라보던 매트가 말했습니다. "더 살 수 있다고 해도 더는 살고 싶지 않아. 지금 당장 선택할 수 있다면 떠나고 싶어. 지아네타에게는 내가 그녀를 용서했다는 사실을 전하고 싶어."

"지아네타도 알게 될 거야." 저는 주체할 수 없는 감정에 휩싸여 온몸이 떨렸습니다.

매트는 제 손을 부드럽게 꽉 쥐었습니다.

"그러면, 아버지에게 편지를 쓸 거지?"

"약속할게."

저는 매트가 제 얼굴에 흐르는 눈물을 보지 못하도록 조금 뒤로 물러섰습니다. 하지만 그는 팔꿈치를 대고 몸을 들어 올려 주위를 둘러보았습니다.

"걱정하지 마, 벤." 그가 속삭이더니 지친 듯 베개에 머리를 다시 눕히고 잠이 들었습니다, 영원히.

그렇게 모든 것이 끝났습니다. 제게 삶의 의미를 준 모든 것이 끝났습니다. 저는 그를 낯선 해안의 낯선 바다가 보이는 곳에 눕혔습니다. 그리고 신부님과 구경꾼들이 떠날 때까지 무덤 옆에 머물렀습니다. 마지막 흙덩어리를 삽으로 밀어 넣고 무덤 파는 사람이 땅을 밟는 모습을 지켜보았습니다. 그제야 저는 제가 사랑하고 미워하고 죽음에 이르게 한 친구를 영원히 볼 수 없다는 사실을 깨달았습니다. 그제야 제 삶에서 모든 평화와 행복과 희망이 사라진 것을 깨달았습니다. 그 순간부터 제 마음은 냉담해졌고, 제 존재는 증오로 가득 찼습니다. 낮이나 밤이나, 육지에서나 바다에서나, 일하거나 쉬거나, 음식을 먹거나 잠을 자거나 모든 것이 똑같이 혐오스러웠습니다. 카인의 저주였습니다. 매트가 저를 용서했다고 해서 그 저주가 덜 무겁게 느껴지지도 않았습니다. 지상의 평화는 더는 제 것이 아니었고, 인간에 대한 선의는 제 마음속에서 영원히 죽었습니다. 후회는 다른 사람들의 마음을 부드럽게 했을지 모르지만, 제 마음에는 독이 될 뿐이었습니다. 저는 모든 인간을 증오했지만, 무엇보다 우리 사이에 끼어들어 우리 둘의 삶을 파괴한 그 여자를 증오했습니다.

매트는 제게 그녀를 찾아 용서를 전하라는 임무를 맡겼습니다. 그러느니 차라리 제노바 부두의 노예가 되어 혹독한 노동을 견디며 가장 열악한 환경에서 일하는 것을 선택했을 겁니다. 그런데도 저는 친구의 소원을 이루기 위해 모든 노력을 기울였습니다. 저는 혼자 걸어서 돌아갔습니다. 그녀에게 "지아네타 코네글리아, 매트는 당신을 용서했지만, 신은 결코 당신을 용서하지 않을 거야"라고 말하고 싶었습니다. 하지만 그녀는 어디에도 없었습니다. 작은 가게는 새 세입자에게 임대했고, 이웃들은 모녀가 갑자기 떠났다는 사실만 알고 있을 뿐이었습니다. 지아네타가 이제 마르케세 로레다노의 '보호' 아래 있다는 소문이 돌았습니다. 여기저기 정보를 찾아다닌 끝에 그들이 나폴리로 떠난 사실을 알게 되었고, 불안한 마음에 시간이 얼마가 걸리든 프랑스 증기선을 타고 그녀를 쫓아갔습니다. 당시 그녀가 소유한 웅장한 저택을 발견했고, 그녀가 약 열흘 전에 그곳을 비우고 마르케세가 양쪽 시칠리아[1]의 대사로 일하는 파리로 이사한 사실을 알았습니다. 거기에서부터 저는 어떤 때는 강을 타고 어떤 때는 철도를 타고 파리로 향했습니다. 길고도 험난한 여정이었지만, 그녀를 찾아야 한다는 결심이 저를 계속 나아가게 했습니다. 매일 매일 거리와 공원을 배회했습니다. 대문 앞에서 대사를 기다렸다가 그의 마차를 미행했고, 결국 몇 주를 기다린 끝에 그녀의 거처를 확인했습니다. 만남을 요청하는 편지를 썼을 때 그녀의 하인들이 문전에서 박대하며 제가 쓴 편지를 제 얼굴에 집어 던졌습니다, 저는 용서하는 대신 제 혀가 할 수 있는 가장 심한 욕설로 그녀를 맹렬히 저주했고, 그렇게 해서 파리를 떠나 세상을 떠돌아다니게 된 경위에 대해서는 지금 자세히 설명할 여지가 없습니다.

그 후 6~8년 동안 제 삶은 뜨내기처럼 불안했습니다. 침울하고 안정감이 없었던 저는 기회만 있으면 어디든 달려가여러 가지 일을 했습니다. 그 일이 고되고 상황이 계속 변하

---

1   이탈리아 남부 지역에 있던 옛 왕국의 이름으로 기원전 8세기에 시작해 1861년 이탈리아 통일 이후에 사라졌으며, 이전에 북쪽의 나폴리 왕국 (Neapolitan Kingdom)과 남쪽의 시칠리아 왕국(Kingdom of Sicily)이 통합된 옛 왕국을 가리키는 말이다.

기만 하면 수입에는 크게 신경 쓰지 않았습니다. 처음에는 마르세유와 콘스탄티노플을 오가는 프랑스 증기선 중 한 척에서 수석 엔지니어로 종사했습니다. 콘스탄티노플에 도착한 후에는 오스트리아 로이드 회사 소속 선박으로 옮겨 알렉산드리아와 야파 및 기타 인근 지역을 오가며 시간을 보냈습니다. 이후 카이로에서 레이야드 씨가 고용한 인부들을 만나 나일강을 따라 올라가 님루드 고분 발굴 작업을 도왔습니다. 그후 알렉산드리아와 수에즈 사이를 운행하는 새로운 사막 철도 노선의 엔지니어로 일했고, 결국에는 봄베이로 가서 인도의 주요 철도 중 한 곳에서 엔진 정비사로 일하게 되었습니다. 거의 2년이라는 긴 시간 동안 인도에 머물렀는데, 이 시기는 저에게 이례적으로 긴 기간이었습니다. 당시 발발한 러시아와의 전쟁만 아니었다면 더 오래 머물렀을 텐데, 그 전쟁이 저를 유혹했습니다. 다른 사람들이 안전과 편안함을 사랑하듯 저는 위험과 역경을 사랑했으니까요. 저는 곧바로 영국으로 돌아왔고, 좋은 추천서 덕에 포츠머스에서 제가 원한 자리를 빠르게 확보했습니다. 저는 폐하의 전쟁 증기선 중 한 척에 기관실 직원으로 승선해 크림반도를 향해 항해했습니다.

전쟁이 끝나자마자 저는 다시 마음껏 돌아다닐 자유를 얻었습니다. 그래서 캐나다로 떠났고, 미국 국경 근처의 철도에서 일자리를 찾았습니다. 그곳에서 미국으로 건너가 북쪽에서 남쪽으로 로키산맥을 넘나들며 한두 달 동안 금 채굴에 도전했습니다. 그러다 갑자기 이탈리아 해안에 홀로 있는 무덤을 방문하고 싶다는 설명할 수 없는 간절함이 저를 사로잡았고, 다시 유럽으로 발길을 돌렸습니다.

누구도 찾지 않은 작은 무덤! 잡초가 무성하고 십자가의 반이 떨어져 나가고 비문은 희미해져 있었습니다. 아무도 그를 돌보거나 기억하지 않는 듯했습니다. 저는 예전에 우리가 함께 살던 집으로 돌아갔습니다. 여전히 똑같은 친절한 사람들이 그 집에 살며 저를 따뜻하게 맞아주었습니다. 저는 몇 주 동안 그들과 함께 머물렀습니다. 제 손으로 잡초를 제거하고 새 꽃을 심고 무덤을 조심스럽게 복원했습니다. 새하얀 대리석으로 조각한 새 십자가를 우뚝 세웠습니다. 몇 년 만에 처음으로 위안과 평화를 찾았습니다. 배낭을 메고 다시 세상으로 나갈 준비를 하며, 저는 운명이 허락한다면 제 삶이 끝나갈 때 로카로 살금살금 돌아와 그의 곁에 묻히리라 엄숙히 약속했습니다.

이렇게 먼 곳을 향한 열망이 줄어들고 그 신성한 안식처에 가까이 머물고 싶은 갈망으로 저는 만토바를 벗어나지 않기로 했습니다. 그래서 만토바에서 최근 완공한 도시와 베네치아를 잇는 철도 노선의 기관사로 일하게 되었습니다. 왜 그런지 실무 기술 교육을 받았음에도 그 기간 저는 운전을 통해 생계를 유지하는 것이 더 좋았습니다. 힘의 느낌, 돌진하는 바람, 불이 으르렁거리는 소리, 찰나의 풍경 등 모든 흥분이 저를 사로잡았습니다. 특히 궂은 날씨에 야간 특급 열차를 운전하는 일은 제 우울한 기질에 잘 들어맞는 특별한 매력이 있었습니다. 제 마음은 세월의 영향을 받지 않고 더욱더 단단해졌습니다. 제 존재의 가장 어둡고 원망스러운 면을 강화해 주었습니다.

저는 만토바 노선에서 7개월 넘게 충실히 제 임무를 수행했습니다. 이 기간에 제가 지금부터 들려줄 일이 일어났습니다.

3월의 어느 날이었습니다. 며칠 동안 날씨가 불안정했고, 밤에는 폭풍우가 몰아쳤습니다. 그 바람에 브렌타 다리 근처 특정 구간에서 최근 불어난 물로 제방이 70야드 정도 떠내려가는 사고가 발생했습니다. 이 사고로 모든 열차는 패듀아와 브렌타 다리 사이 특정 위치에서 정차해야만 했습니다. 승객들은 짐을 챙겨 다양한 마차로 시골을 우회해 다른 열차와 기관차가 기다리는 반대편 가장 가까운 역으로 이동해야 했습니다. 당연히 이 상황은 엄청난 혼란과 불만을 초래해 신중하게 계획한 일정에 차질을 빚었고, 여행하는 대중에게 큰 불편을 끼쳤습니다. 한편 현장에 동원된 대규모 해군 인력이 피해 구간을 복구하기 위해 밤낮없이 고생했습니다. 이 기간에 저는 이른 아침 만토바에서 베네치아로 가는 열차와 오후에 베네치아에서 만토바로 돌아오는 열차를 매일 두 차례 연속으로 운행했습니다. 190마일에 달하는 거리를 열 시간에서 열한 시간 운행해야 하는 고된 업무였습니다. 따라서 그 사고 후 사흘이나 나흘째 되는 날, 정기적인 업무 외에 그날 저녁 베네치아로 가는 특별 열차를 운행해야 한다는 통보를 받았을 때 기분이 정말 좋지 않았습니다. 기관차, 객차 한 량, 브레이크 밴[1]으로 구성된 특별 열차는 열한 시에 만토바 플랫폼에서 출발할 예정이었습니다. 패듀아에 도착한 승객들은 하차 후 브렌타 다리로 이동하기 위해 대기 중인 4륜 역마차를 찾을 예정이었습니다. 브렌타 다리에는 또 다른 기관차, 객차 한 량, 브레이크 밴이 승객들의 도착을 기다리고 있었습니다.

---

[1] 핸드 브레이크가 장착된 철도 객차를 의미하며 일반적으로 열차의 속도를 제어하고 추가적인 안전을 제공하기 위해 열차 후미에 부착한다.

저는 이 여정 내내 그들과 동행하는 임무를 맡았습니다.

"우와, 세상에(*Corpo di Bacco*)." 저에게 지시를 내리는 한 철도 직원이 말했습니다. "얼굴 좀 펴. 곧 넉넉한 팁을 받게 될 테니까. 누구와 동행할지 알아?"

"저야 모르지요."

"당연히 알 리가 없지! 저기, 나폴리 대사 두카 로레다노 씨야."

"로레다노!" 제가 더듬거렸습니다. "무슨 로레다노예요? 예전에 마르케세라는…."

"맞아(*Certo*). 몇 년 전에는 마르케세 로레다노였는데, 그 후로 공작이 됐어."

"지금쯤이면 꽤 연로하겠군요."

"연로하지만 그게 무슨 상관인가? 그분은 여느 때와 마찬가지로 건강하고 밝고 위엄이 넘쳐. 전에 그분을 본 적이 있나?"

"네," 제가 돌아서며 말했습니다. "몇 년 전에."

"그분의 결혼에 관한 이야기를 들어 봤어?"

저는 고개를 저었습니다.

그 직원이 껄껄 웃으며 두 손을 비비고 어깨를 으쓱했습니다.

"놀라운 사건이었지." 그가 회상했습니다. "당시에는 꽤 큰 스캔들이었어. 제노바 출신의 아주 평범하고 천박한 여자였던 내연녀와 결혼했으니 말이야. 그녀는 꽤 매력적이었지만, 당연히 환영받지 못했어. 아무도 그녀를 방문하지 않았지."

"결혼했다고요!" 제가 소리쳤습니다. "말도 안 돼."

"내 말 믿어, 사실이라니까."

저는 이마에 손을 얹었습니다. 마치 넘어지거나 어디를 한 대 얻어맞은 듯 얼얼한 느낌이 들었습니다.

"오늘 밤에 떠나는 건가요?" 제가 더듬거렸습니다.

"오, 맞아. 그녀는 어디를 가든 그분과 동행해. 결코 그녀의 시야에서 그를 벗어나게 하지 않아. 자네는 아름다운 공작부인을 보게 될 거야!"

제 소식통은 껄껄 웃으며 다시 한번 만족스러운 듯 손을 비비고는 사무실로 돌아갔습니다.

제 온몸이 분노와 비통함에 휩싸인 것 외에는 하루가 어떻게 지나갔는지 거의 기억이 나지 않습니다. 일곱 시 25분쯤 오후 근무를 마치고 돌아왔고, 열 시 30분쯤 또다시 역에 있었습니다. 저는 기관차 엔진을 점검하고, 화부에게 지침을 내리고, 기름이 충분한지 확인하고, 필요한 모든 준비를 마쳤습니다. 제 시계를 매표소 시계에 맞추려는데, 누군가가 제 팔에 손을 얹고 귓가에 속삭이는 목소리가 들렸습니다.

"당신이 이 특별 열차를 책임질 기관사인가요?"

저는 그 남자를 한 번도 본 적이 없었습니다. 키는 작았고, 목을 단단히 감쌌고, 푸른색 안경과 덥수룩한 검은 수염을 기르고 모자를 눈 위로 낮게 눌러썼습니다.

"당신은 부유한 사람은 아닐 테고, 당신과 같은 처지에 있는 다른 많은 사람처럼 더 잘 살고 싶을 겁니다." 그가 빠르게 간절한 목소리로 속삭였습니다. "수천 플로린을 벌고 싶지 않습니까?"

"어떻게?" 제가 물었습니다.

"쉿! 패듀아에서 정차했다가 브렌타 다리에서 다시 출발하겠지요?"

저는 고개를 끄덕였습니다.

"만약 그렇게 하지 않는다면? 증기 공급을 차단하는 대신 당신이 기관차에서 뛰어내려 열차를 계속 달리게 한다면?"

"그건 불가능합니다. 70야드 폭의 제방이 소실되어서…."

"그만! 그건 나도 압니다. 기차를 놓아주세요. 그냥 사고일 뿐입니다."

흥분과 두려움이 뒤섞였습니다. 심장이 두근거리고 숨이 막혔습니다.

"왜 나를 도발하는 겁니까?" 저는 더듬거렸습니다.

"이탈리아를 위해서지요." 그가 속삭였습니다. "자유를 위해. 당신이 이탈리아 사람이 아닌 건 알지만 여전히 친구가 될 수 있습니다. 로레다노는 이탈리아의 철천지원수 가운데 하나입니다. 자, 여기 2,000플로린을 받아요."

저는 그의 손을 힘껏 밀어냈습니다.

"싫습니다." 저는 단호하게 대답했습니다. "피 묻은 돈은 필요 없어요. 내가 이 일을 한다면 이탈리아나 돈을 위해서가 아니라 오직 복수를 위해서일 뿐입니다."

"복수를 위해!" 그가 외쳤습니다.

바로 그때 플랫폼으로 열차를 후진하라는 신호가 떨어졌습니다. 저는 아무 말도 하지 않고 재빨리 기관차에 올라탔습니다. 낯선 남자가 서 있던 자리를 다시 돌아보니 그는 이미 사라지고 없었습니다.

저는 공작과 공작부인, 비서와 신부, 시종과 하녀가 각자 자리에 앉는 모습을 지켜보았습니다. 역장이 그들을 정중하게 객차로 안내하고, 그들이 안으로 들어가는 동안 허리를 굽혀 인사하고, 모자를 벗은 채 문 옆에 서 있는 모습이 보였습니다. 플랫폼의 어두운 조명과 강렬한 기관차 불빛 때문에 얼굴이 잘 보이지 않았지만, 저는 그녀의 당당한 모습과 우아한 자태를 알아보았습니다. 그녀의 정체에 대한 사전 지식이 없었더라도 그 특유의 모습만으로 그녀를 알아보았을 겁니다. 승무원의 날카로운 호루라기 소리와 함께 역장이 마지막으로 고개 숙여 인사했고, 제가 시동을 걸고 운행을 시작했습니다.

제 피가 뜨겁게 끓어올랐습니다. 더는 떨거나 망설이지 않았습니다. 마치 모든 신경이 쇠붙이처럼 느껴졌고, 온몸의 맥박이 치명적인 목적을 향해 고동치는 듯했습니다. 그녀는 제 손안에 있었고, 저는 복수할 겁니다. 제 친구의 피로 제 영혼을 더럽힌 그녀를 죽여 버릴 겁니다! 부와 아름다움의 절정에서 그녀는 최후를 맞이할 것이며, 지상의 어떤 힘으로도 그녀를 구할 수 없을 겁니다.

역이 쏜살같이 지나갔습니다. 저는 화부에게 코크스[1]를 더 쌓아 지옥 불에 불을 지피라고 재촉하며 증기 압력을 늘렸습니다. 그런 위업이 가능하다면 바람 자체를 앞지르고 싶었습니다. 울타리, 나무, 다리, 역이 순식간에 지나가고, 마을이 나타나자마자 사라지고, 전신선이 서로 얽히고 꼬이며 무서운

---

1 석탄으로 만든 연료.

속도로 달렸습니다! 내 옆의 화부가 창백하고 불안한 모습을 보이며 보일러에 더 많은 연료를 공급하지 않겠다고 할 때까지 점점 빨라졌습니다. 얼굴에 부딪히며 울부짖는 바람이 우리의 숨을 뒤로 밀어낼 때까지 더 빨리, 더 빨리 달렸습니다.

저 혼자만 살았다면 저는 저 자신을 경멸했을 겁니다. 저는 다른 사람들과 함께 죽을 생각이었습니다. 광기에 휩싸인 그 순간, 저는 완전히 제정신이 아니었다고 확신합니다만, 그 노인과 일행에 대해 잠시 동정심을 느꼈던 것 같습니다. 할 수만 있다면 제 옆의 불쌍한 친구도 살려주고 싶었습니다. 하지만 가차 없이 질주하는 속도 때문에 탈출은 불가능했습니다.

비첸차가 어지러운 불빛처럼 스쳐 지나갔습니다. 포야나가 우리를 지나쳤습니다. 불과 9마일 떨어진 패듀아에서는 승객들이 하차해야 했습니다. 화부가 항의하며 저를 향해 고개를 돌렸습니다. 그의 말이 들리지는 않았지만, 그의 입술이 움직이는 것을 보았습니다. 순식간에 그의 얼굴이 공포가 가득한 표정으로 바뀌었습니다. 오! 자비로운 하느님이시여! 그 순간 저는 처음으로 기관실에 저와 화부만 있는 것이 아니라는 사실을 깨달았습니다.

한 명의 남자가 더 있었습니다. 화부가 제 왼쪽에 서 있었듯이 제 오른쪽에는 또 다른 남자가 서 있었습니다. 짧은 곱슬머리에 납작하고 챙이 없는 작은 모자를 눌러 쓴 키가 크고 체격이 건장한 남자였습니다. 저는 깜짝 놀라 비틀거리며 뒤로 물러섰고, 그 남자가 제 쪽으로 다가와 제 기관실을 차지하고 증기를 차단했습니다. 제가 말을 하려고 입을 열었을 때 그가 천천히 고개를 돌리며 저와 눈을 마주쳤습니다.

매트 프라이스!

저는 길고 날카로운 비명을 지르며 팔을 허공에 휘둘렀고, 마치 도끼에 얻어맞은 듯 그 자리에 쓰러졌습니다.

본인은 제 이야기에서 발생할 수 있는 이의 제기에 대비하고 있습니다. 당연히 착시 현상이나 뇌가 압력을 받아 일시적인 정신착란을 일으킨 것에 불과하다는 말을 듣게 될 것으로 생각합니다. 이런 주장은 이전에도 저에게 제기된 바 있으며, 솔직히 말하면, 그런 논쟁은 더는 하고 싶지 않습니다. 이 사실에 대한 제 믿음은 수년간 확고합니다. 제가 단언할 수 있고 제가 아는 것은 매트 프라이스가 무덤 저편에서 돌아와 제 영혼뿐만 아니라 제가 복수심에 불타 서둘러 파멸로 몰고 갔을 사람들의 목숨도 구했다는 것뿐입니다. 저는 천국의 자비와 회개하는 영혼의 구원을 향한 믿음만큼이나 확고하게 이 사실을 믿습니다.